書簡つれづれ

回想の歌人たち

碓田のぼる

光陽出版社

書簡つれづれ　回想の歌人たち——もくじ

はじめに

書簡とは、送り手と、受けとり手のみの間にかけ渡された、心の架け橋のようなものだと思います。双方に話が通ずるならそれで十分満足ができます。

長い間、手許に残してきた、先輩、友人、知己などの古い手紙やハガキなどを、時あって読み返すとき、そこに、書き手と読み手との、二者だけの回路に、その後の歴史が積み重なってきていて、ある種の社会性を帯びてきていることを感じます。

私の場合、古い書簡を読んでいると、不思議に、それを受け取った頃のあれこれの状況や細部のことが、当時より鮮やかに思い浮かべることがあります。それは、書簡の送り手と受け手のおかれた時代の状況が、濃密だったことによるのだろうか、と思ったりします。同時に、書簡の送り手の、時代を生きる必死さがこもっているように思いました。

私の手許に残されていた、こうした書簡の多くは歌につながるものでした。書き手はすべて鬼籍の人びとです。しかし、本書を書きながら、これは書き手の人びととの共同の仕事だと思いました。書き手の人たちの真率な心にこたえられるよう、私は思いを磨《と》ぐ努力をしました。書簡の受けとり手として、それは当然のことです。

本書を読まれる方がたが、こうした書簡の送り手と受けとり手とが交わし合った、単線回路に立ち合っていただき、今を生きるうえでの、何がしかのよすがを得られるならば、著者としては望外の幸せであります。

著者

1　初秋の春　林田茂雄

㈠

林田茂雄よりのハガキ（一九八五年三月六日付、東村山市美住町一ノ五ノ二八）

前略。箱入りの「手錠あり」本日拝掌。高価な本だから、何かのついでに箱だけもらってもいいのにと思っていたのに恐縮です。前便で、野呂の「資本主義発達史」と順三のあの本（『定本近代短歌史』のこと）の間には中間項があったとかきましたが、やや舌たらずだったと思うので補足します。一九三〇〜一年ごろ、若手気鋭の評論家小宮山明敏が、野呂の「発達史」を下敷きにして、そこに「土台と上部構造の関係」を機械的におしはめたような「史的唯物論より見たる日本文学史」をかき、当時は一応の評判をとったものです。ただ、その土台と「上部構造としての文学現象」との関連づけが性急でありすぎたり、こじつけに類する部分もあったので順三が、それにならってかいた『史的唯物論よりみたる近代短歌史』に後で「自己嫌悪？」を感じたのと同じ意味で、小宮山の本も、当時評判になったわりには「古典」的に名を残しえず、当時を知らない人は、そんな本があったことさえ知らないものが多いわけです。順三は長生きしたから、二回も三回もかき直すことができたけれども、小宮山は、それを著して間もなく若死にしてしまったから欠陥に気づくことも改作もできなかった。

「手錠あり」とは、私が一九八五年二月に、青磁社から出版した『手錠あり──評伝・

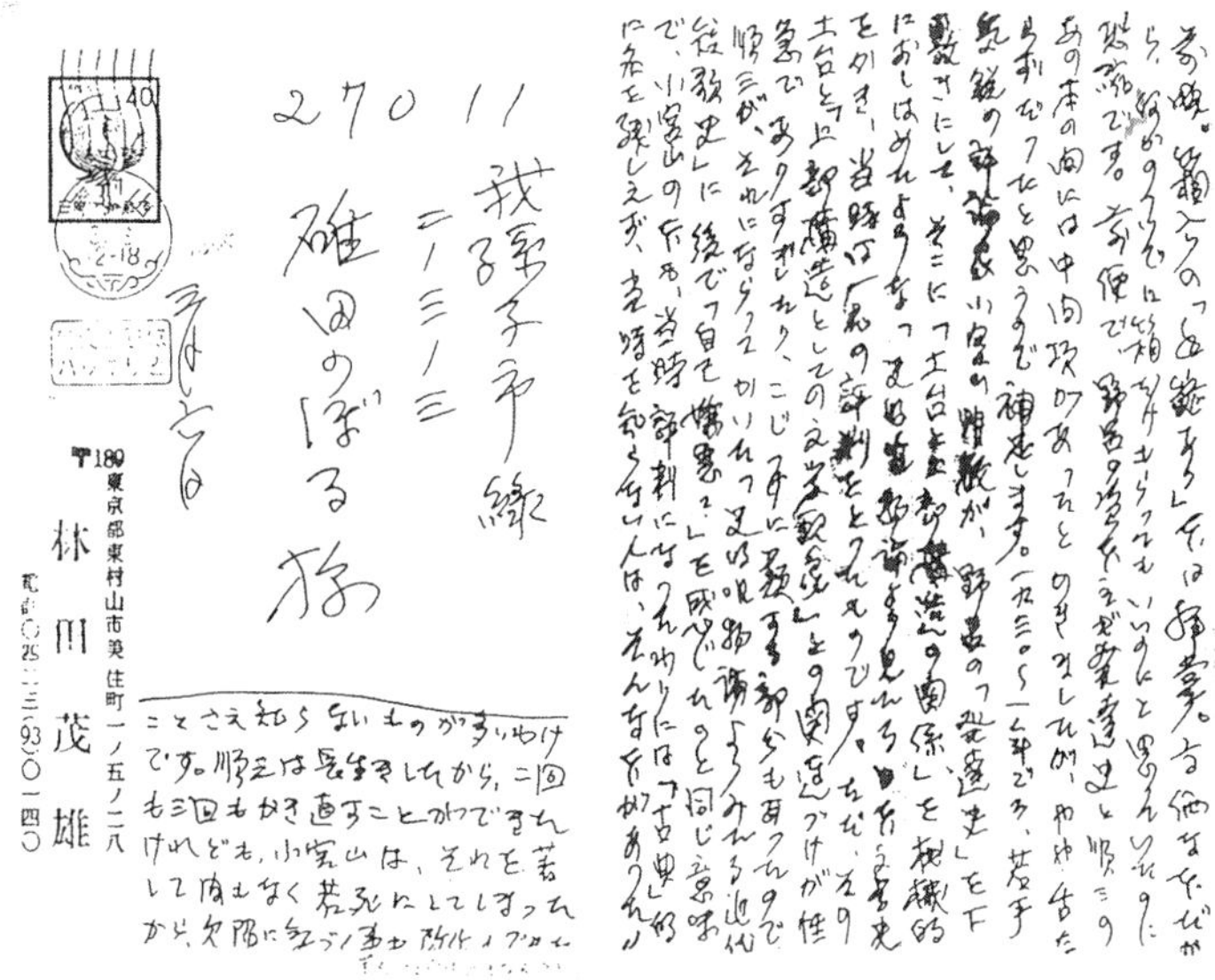
〒189 東京都東村山市美住町一ノ五ノ二八
林田茂雄
電話〇四二五(三九三)〇一四〇

林田茂雄よりのハガキ

渡辺順三―』のことです。この本は、私の最初の順三研究書で、一九八一年五月から八四年五月まで、三年間にわたって、週刊『山口民報』に連載したものを、正誤訂正し、文章も整理してまとめたものです。

林田さんは、哲学者で評論家で、多弁かつ多筆なひとでした。プロレタリア歌人同盟の時代、短歌は定型のくびきを脱して、詩に解消すべきだという、有名な「短歌の詩への解消論」を書いた人です。

文は人をあらわす、とよくいわれますが、ハガキの裏表にビッシリと書かれた文章の、この書きはじめは、なんとも傑作で、読みながら、少し憤然となり、少しおかしくなり、そして、やがて親しみを感じてくる、といったものです。

「高価な本だから何かのついでに箱だけもらってもいいのに」とは、何たることか、と言いたくなります。これはつまり、お前の言うことなどは、たかだか知れているよ、読まなくともわかるから、記念に箱だけでいいと言うのか――。私が「少し憤然」となったのは、そう思ったからです。ところが本が送られて来て「恐縮」したというのです。本は著者が勝手に送るのであるから、「恐縮」する必要はないのです。むしろ「箱だけ」もらえばいいと言ったそのことをこそ、大いに「恐縮」すべきなのに、その「恐縮」の見当ちがいが、「少しおかしく」なったわけです。

このハガキに登場する小宮山明敏について、私は一時、ノートをつくってしらべ出した時期がありましたが、まとめることは出来ませんでした。

林田さんについては、思い出すことがたくさんあります。その一つ——。

私がまだ、現役で活動していた頃、『教育委員会月報』という雑誌に、教育心理学者で著名な波多野完治さん（妻は戦後のベストセラー『少年期』の著者、波多野勤子）が、林田さんの『「赤旗」地下印刷局員の物語』（白石書店・一九七三年三月刊）の中の「初秋の春」（これは治安維持法違反で逮捕され、熊本の監獄で囚人生活をしていたある日の物語）という表題のエッセイを激賞して、「こんな立派な日本語の文章は、ぜひ教科書にのせるべきだ」といった趣旨のことが書いてあり、私は、新発見のように少し得意になって林田さんに電話で知らせました。林田さんはすでに知っていたらしく、私をがっかりさせましたが、その時「今だからいうが——」と前置きして、「じつは、地下活動に入っていた当時、僕はひそかに波多野さんのところに潜《もぐ》っていたんだ」というわけです。この、それこそ「想定外」の二人のつながりに私はびっくりしました。

戦前の日本共産党の地下活動は、こうしたリベラルな人たちによって、広く深く守られていたことを痛感したのでした。

(二)

波多野完治さん（当時、御茶の水女子大教授）の激賞した、林田茂雄さんの「初秋の春」とは、次のような内容でした。

熊本で刑務所生活をしていたある年の七月の末ごろ、ものすごい台風が来て、一晩中九州をあらしまくった時のことです。翌日、囚人の日課である運動のため、運動場に出てみると、周囲に植えられていた数十本の桐と梧桐《あおぎり》が、みんな丸坊主になっていて、葉っぱは一枚も残っておらず、小枝という小枝まで、みな吹き飛ばされていました。「まるで草月流のこしらえたものみたいに、ぶすっとしたかっこうで立ち残っていた」のでした。

「この、ふかでを負った桐たちのいたましい姿をみて、私が何より心配したのは、いわば植物にとっての呼吸器や消化器を、ほとんどもぎとられてしまい、おまけにこの栄養のかきいれどきをはずされて、このさき生きていけるのかどうかであった。植物の生理についてあまり知らなかった私は、真夏の烈日にはすぐにもしなびそうな気がし、このままで冬を迎えたら、それきり枯れてしまいそうに思われた。

その後、私は毎日三十分の運動に出るたびに、この桐たちの水々しい幹のはだをなでてみては、『まいるなよ』『まいるなよ』とささやきつづけていた。」

やがて立秋も過ぎた頃、林田さんは、その桐たちの枝に、キラキラ光る点々をみつけて、何だろうと不思議に思いました。その光る玉は桐たちの枝いっぱいに、びっしりとふえていきました。それでも林田さんは、その光る玉の正体についてわかりませんでした。そして三日目、林田さんは、「その光る玉の正体が、桐たちの新芽だったたことに気づいた」のでした。

「その時の感激を、私は一生わすれることができない。玉の群れは、かがやく薄みどりの、かあいい芽をひらいて、あるものはすでに風にそよいでいた。ほかの木々たちが、すでに花をおわり、結実をいそぎ、追いせまる落葉期に備えはじめている時に、この桐たちは、大いそぎで春のやり直しをはじめたのだ。」

「あらしは、いくら狂暴でも、いつまでも荒れつづけていることはできない。だが、あらしに耐えぬいた樹木たちが、あらしにむかって示した言葉以上の抗議のたたかいを、そのいじらしい新芽のそよぎの中に見いだした時、私は、もう体いっぱい涙ぐんでいた。」

「私は、桐たちの幹のはだを、『よかった、よかった』とさすりながら、心の中では『ありがとう、ありがとう』とつぶやいていた。」

これは見事な文章です。私は、波多野完治さんが、具体的に「初秋の春」のどの部分に感動したのかは知りませんが、『「赤旗」地下印刷局員の物語』の前掲の部分を写しとりながら、言語に絶する弾圧とたたかいながら活動していた林田さんが、ついに逮捕され、非転向で、獄中六年間をたたかっていた状況を思い浮かべる時、桐の木をなでながら、「よかった」「よかった」と言い、また、「ありがとう」「ありがとう」とつぶやいていたその心が、痛いほどよくわかります。

「初秋の春」は、四百字詰め原稿用紙で六枚ほどのものですが、このエッセイは、林田さんの感性を通して「生きる」という問題を見事に描き出しているといえます。

林田さんはじつにユニークな思想家でした。「監獄は自由がないとみんな言うが、オレは自由だったたな。監獄がイヤで自由になりたかったら、ゴメンナサイと言って特高に頭を下げれば、すぐにも出してくれるだろう。しかし、自分の思想は、自分の自由な意思によって選択したものだ。だから監獄に入れられようと自由なんだ」

林田さんは、そんな意味のことを、何かの折に話してくれました。私が今も感心するのは、その治安維持法下の林田流〝自由の大学〟で、猛烈な読書や思索を続けたことでした。林田さんは、プロレタリア短歌運動の時代の、「短歌の詩への解消論」についても、厳しい自己検討をはじめたものと思われます。日本の文学伝統も一顧だにせず、短歌をイデオロギーの叫喚の中に追い放ったことの重い責任を感じていたが故でした。しかし、この問題は、ついにまとまった評論として残されることはありませんでした。

林田さんはある時、「獄中では八代集はほとんど読んだよ」とポツリといったことがあります。その言葉を聞いたとき、私はひどく感動しました。「八代集」というのは、『古今集』から始まって、鎌倉初期までに出された八つの勅撰和歌集をさします。それは、『古今集』『後撰集』『拾遺集』『後拾遺集』『金葉集』『詞花集』『千載集』『新古今集』の八集です。林田さんの自己批判の焦点は、はっきりしていたと、私は感じたのです。一口でいえば、それはまさに「伝統」の再検討ということでした。私が感動したのも、プロレタリア短歌運動の最大の弱点の一つが、「伝統論」であり、ダイナミックなそのとらえ方と革新の問題だった、と考えていたからです。「八代集」の問題は、「伝統」の問題と同時に、日本の言葉の問題にもかかわることでした。そういう関わりであったかどうか、林田さんの著作を読むと、獄中で言語学への関心を深め、読書していることを知ることができます。

林田さんについて、あれこれの思い出を書くと、一冊の本ができるくらいです。

2　まぼろしの書簡　宮本百合子

渡辺進さんから私宛に送られてきた、渡辺順三宛書簡の中に、貴重な一枚のハガキがありました。それは、宮本百合子から渡辺順三に宛てられたもので、『宮本百合子全集』にも未収録の書簡でした。多喜二・百合子研究会の大田努さん（元新日本出版社編集者・『宮本百合子全集』の編集に携わる）から、研究会の「会報」に、そのハガキにかかわるエッセイを書いてくれといわれ、多喜二・百合子研究会「会報」（第一九九号・二〇一二年十二月二十九日）に、短い文章を書きました。読んでいない方もおられると思うので、その要点を述べたいと思います。

宮本百合子より、一九三九年一月二十二日（消印）・世田谷区世田谷二ノ一二一八十の渡辺順三宛（ハガキ）

この間はわざわざお見舞いいただきありがたう存じました。あれからずっと順調で一月十日に退院いたしました。傷の方はすっかりよいのですが、切腹はやはり相当にこたへて体の気力が全く平常に戻らず、家に引きこもって居ります。大した寒気ですがおさわりありませんか。どうぞお大切に。一筆お礼を申しあげたく

百合子

宮本百合子の年譜によりますと、一九三八年の十二月二十一日に急性盲腸炎となり、慶應病院に入院し、手術をしています。退院したのは、年が明けた、一九三九年の一月十日でした。

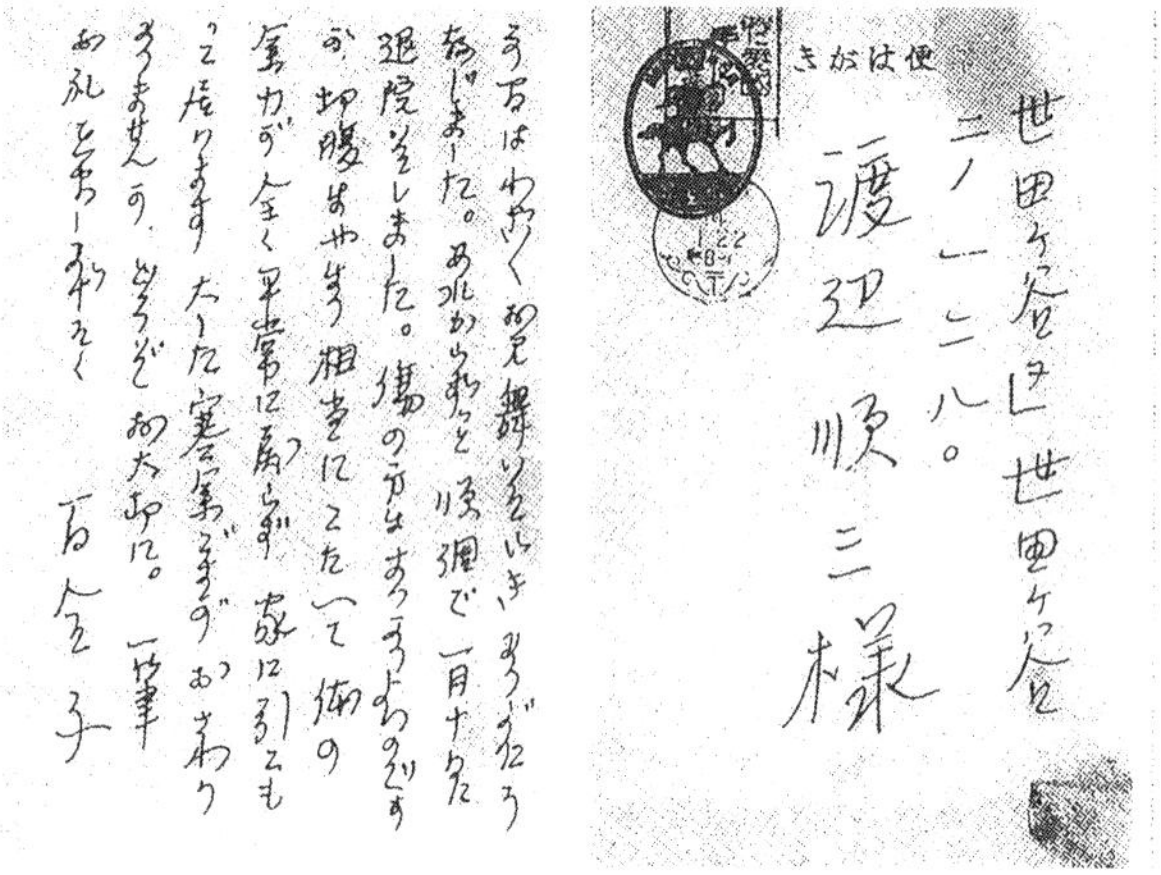

郵便はがき

世田ヶ谷区世田ヶ谷
二ノ一一二八。
渡辺順三様

[illegible]方はわざわざお見舞い下さいましてありがたう
存じました。あれから私も順調で一月十日に
退院致しました。傷の方はもうすっかりよいのですが
お切腹はやはり相当にこたへて術の
気力が全く平常に戻らず家に引こも
つて居ります　たいした寒さですがお変り
ありません事。どうぞお大切に。　一筆
お礼を申し上げたく
百合子

宮本百合子の渡辺順三宛てハガキ

渡辺順三宛のこのハガキは、昭和十四年（一九三九年）一月二十二日の消印になっていますから、退院してから十二日目のもので、順三の病気見舞いに対する礼状です。ハガキの書き出しの文面から、順三は直接病院に見舞ったことが窺《うかが》われます。順三が百合子を見舞ったその日時は、入院手術後の年の瀬か、あるいは新年早々なのかは、はっきりしません。「切腹はやはり相当にこたへて」と、百合子は少しユーモラスにいっていますが、なかなか意味深長なところがあります。

一九三七年七月に日中戦争が始まり、

十二月二十七日には、宮本百合子は執筆禁止となり、作品発表が不可能な状態がひき続いていました。「気力が全く平常に戻らず、家に引きこもって居り」と書いているのは、表現の自由への圧迫の状況を折り重ねているような気配を感じます。「切腹はやはり相当にこたへて」という言葉にも、こうした気配がただよっています。

渡辺順三は、宮本百合子を深く敬愛しており、雑誌『短歌評論』や、『文学評論』にも原稿を寄せてもらっています。順三は、しばしば百合子を訪れ、時に手料理のご馳走にあずかったことなどが、順三の自伝『烈風の中を』には書かれています。

このハガキには、一つ奇妙なことがあります。それは、順三の所番地が、じつは、作家の手塚英孝（小林多喜二研究家として著名）と同じになっていることです。順三は、百合子からのハガキの、半年以上も前の一九三八年四月、世田谷区下北沢の駅の近くに、大地堂という古本屋を開業しており、ハガキの所番地には居なかったからです。

話は少しさかのぼりますが、一九三一年の春ごろから、順三は世田谷区豪徳寺の、ある二階のついた家を借りて住んでいました。一九三六年の九月、出獄してきたばかりの手塚英孝が、この家の二階に下宿しました。ところが家主が急死して、家を格安の千円で売りに出したので、手塚英孝は、山口県の郷里の家から金をとりよせ、この二階屋を買ったのでした。その時、手塚英孝は、いくらか余分に金をとりよせ、その中から、六百円を順三は貸してもらい、その金を資金として、大地堂を開業したのでした。したがって、手塚英孝と渡辺順三が、同じ家、同番地に住んでいたのは、およそ一年七ヵ月でした。

このような経過を、百合子は誰からも知らされず、百合子の手控えの住所は、手塚・渡辺が同居時代のままになっていたのでしょう。

親しい友人や、知人との間の消息も切れぎれとなり、疎遠の状況になっているところにも、時代の重圧を感ぜずにはおれません。

このハガキは、前にも述べましたが、順三没後十年ほどして、渡辺進さんより送られてきた順三遺品の中に入っていたものです。

この一枚の貴重なハガキは、「多喜二・百合子研究会」に所蔵してもらおうと思っています。

〈追記〉このハガキは、大田努さんの手を経て、日本共産党の資料室に所蔵された。

3　慟哭の歌　窪田空穂

㈠

窪田空穂からのハガキ（大正四年六月十三日消印、小石川竹早町百十一、神田区北乗物町一○鏑木氏方　渡辺順三宛）

御手紙拝見、子供がハシカの病後を百日咳にかゝり、一と月半ばかりも悩みをりしに、下の子は肺炎になり、唯今入院中に候、雑誌のメ切もありぼんやり致しをり候、　五方御無沙汰御容赦を請い候。

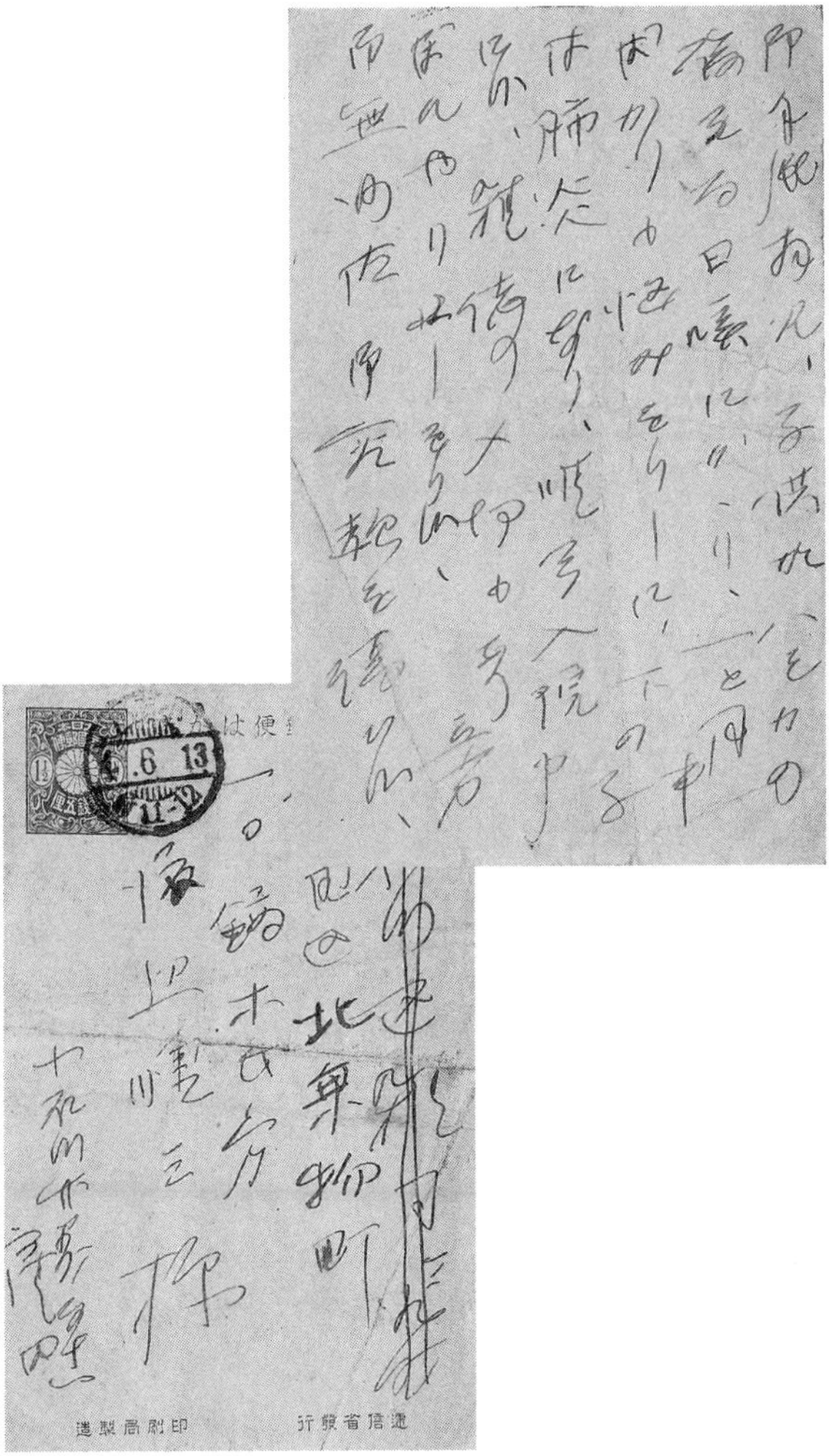

窪田空穂より渡辺順三宛のハガキ

大正四年（一九一五年）、空穂は三十九歳。順三は二十一歳で、まだ鏑木家具店に住み込んでいました。前年五月創刊された、空穂の『国民文学』に同人として加わり、しばしば空穂を訪ねて歌稿の添削をうけていました。順三は、大正三年の秋に、はじめて『啄木歌集』を手にし感動するとともに、以降の順三歌風も変化を見せ、空穂のハガキの前月の『国民文学』五月号には、短歌「感激の日に」の大作二十首を発表し、注目を集めていました。そのうちの二首をあげてみます。

短くて生命絶ゆともひたぶるに歌三千首詠まんとぞ思ふ
歌うたひ一隊の兵士ゆき過ぐを見つゝ心のさびしきは何ぞ

空穂のこの短いハガキの文面は、読むのに一苦労も二苦労もしました。達筆と乱筆と書きグセがゴチャマゼになったような文字で、読むというより、暗号を解くような感じです。

空穂がハガキで「子供が」と言っているのは八歳の長男の章一郎で、「下の子」といっているのは、三歳の長女ふみのことです。空穂は、このハガキの年、大正四年から翌年にかけて、人の親として、きわめて苦しい状況の中におかれていました。『わが文学生活（二）』（窪田空穂文学選集・四。春秋社・一九五九年二月）に、当時をふり返って、次のように書いています。

「学童となった上の子は、学校から麻疹を持って来て、幼ない妹に感染させた。つづいて妹は百日咳にかかり、兄に感染させた。その妹は衰弱して肺炎にかかり入院した。臨月の妻は付添をしているうちに下痢を起して早産をし、産まれた子は虚弱で、初誕生を前に脳膜炎を起こしてはかなくなるという、親としての苦しさと歎きがつづいたのであった。」（一九六頁）

この状況は、順三宛ハガキのちょうど一年後のことでした。前述の空穂の『わが文学生活（二）』の中には、次女の死について、エッセイ「末期の笑顔―次女なつ子の死」があり、短歌「亡き子を歎く歌」を、第六歌集『鳥声集』六十五首の大作から五十八首を選んでのせています。それは、「深刻な悲傷感を湛えている」（窪田章一郎著『窪田空穂』桜楓社・一九六七年十月・七八頁）もので、心の奥に迫ってきます。

生き難き子が命ぞとなげく身にどうだんの若葉かがやきわたる
今ははや現《うつつ》なき子が顔まもり涙ながして何いふや妻

次女を亡くした翌年四月、今度は空穂の妻藤野がわずか三十歳で亡くなります。前述の本の中の、子の死のエッセイと歌との次に「亡き妻を憶う歌」（長歌十二編）が続きます。

臨終の直前、愛児二人を枕元に呼んで、「汝等《いましら》は祖母《ばば》を頼みて、はぐくまれ育ちは行けよ、然《さ》は母にさらばと云へと、教ふるや別れの言葉」と空穂は歌います。「さあ、お母さんに、さようなら、を言って――」と願っているわけです。

子どもの手を両胸に抱き、空穂の妻は死んでゆくのでした。次の短歌は長歌につけられたものです。

何にしも出づる涙ぞ我が目よりこぼれ落ちてはとどまらぬかも
逢ふ期《ご》なき妻にしあるをそのかみの処女《おとめ》となりてわれを恋はしむ

一年前に、次女を亡くした空穂の深い悲傷がまだ癒えぬうちに、さらにあらたな悲傷を深くしたのでした。

話は戦後のことになります。中国戦線に派遣されていた、空穂の次男茂二郎が、戦争が終わっても消息がなく、生死不明でした。終戦から二年目の五月、復員してきた茂二郎の戦友から、茂二郎がすでに一年前の一九四六年二月に、シベリアの抑留先イルクーツクのチェレンホーボで、病死したことを知らされます。七十一歳の空穂の嘆きが、どんなに深いものであったかは、一九五二年十一月に出版された、第十八歌集『冬木原』（長谷川書房）掉尾《とうび》の大作「捕虜の死」を読めば、ありありとします。「捕虜の死」は、長大な長歌ではじまります。窪田章一郎は「和歌史の中では最長のもの」といっていますが、そこでは、捕虜収容所の惨憺たる生活を序し、「大方は病者となりつつ、高熱にあへぎにあへぐ。医師をらず薬餌《やくじ》のあらず　あるものは高黍のみ」、そして一冬に千人も死んでゆきます。ダイナマイトで大地の大氷塊に穴を開け、その中に屍体を埋めます。夏になると氷がとけて、死んだ日のままの面影をもって、氷った戦友があらわれるのです。その屍体を共同墓地に葬りかえるのです。空穂は、長歌の最後を次のように結んでいます。

家畜にも劣るさまもて、殺されて死にゆけるなり。嘆かずてあり得むやは。この中に吾子まじれり、むごきかな　あわれむごきかな　かはゆき吾子。

この長歌に続き、短歌「子を憶ふ」十六首が続きます。その中より三首。

かにかくに子が生死《いきしに》の分かむまで我もかくてとした思いにき
わが写真乞ひ来しからに送りにき身に添へもちて葬《はふ》られにけむ
去年《こぞ》の夜《よる》夢に入り来てかなしげにわれ見し子の目立ちては去らず

(二)

鉦《かね》鳴らし信濃の国を行きゆかば在りしながらの母見るらむか

この名歌は、空穂の処女歌集『まひる野』（明治三十九年九月刊）に収められている、亡き母への追慕の歌です。空穂は末子でしたから、とりわけ母親には可愛がられたのでした。この挽歌の上の句は、空穂の創作です。なぜなら、空穂の生まれた信濃の国の松本地方には、巡礼というものはなかったからです。しかし、亡き母を慕う思いは、この上の句によって、明るさをもった切なさとして心に沁みてくるようです。一首は、嘆きの中から生きていく気持を強くしています。人口に膾炙《かいしゃ》される由縁です。

空穂の生涯における挽歌は、「鐘鳴らし」を源流とし、次女や妻の死を嘆いた歌、そしてシベリアの凍土に病死した次男茂二郎への慟哭などは、近代短歌史の中で、挽歌の高い峰となっています。空穂は挽歌の名手だったと思います。

挽歌といえば斎藤茂吉の『赤光』の中の、「死に給ふ母」の五十九首の巨編を思い出します。

死に近き母に添寝のしんしんと遠田のかはず天に聞ゆる
のど赤き玄鳥ふたつ屋梁にゐて足乳根の母は死にたまふなり

また、吉野秀雄の『寒蝉集』はその妻への挽歌の絶唱です。

をさな子の服のほころびを汝は縫えり幾日か後に死ぬとふものを

これやこの一期《いちご》のいのち炎立《ほむらだ》ちせよと迫りし吾妹《わぐも》よ吾妹

こうした近代短歌史の挽歌の峰みねは、それぞれの歌人のきわだった感性と言葉によって生み出されたものですが、空穂の挽歌の性格について、渡辺順三は『近代短歌辞典』（一九五〇年）の中で次のようにいっています。

「（空穂の短歌には）感情の激発性、感覚の異常な鋭敏は見られないが、心理描写のするどさと、沈潜した心情のゆたかさにおいて、そくそくとして人の胸に迫る力をもっている。」

渡辺順三も、七十八年の生涯の作歌活動の中で、父母や友人、知人の挽歌を数多く残していますが、その中でも、一九六七年四月十二日、空穂が九十一歳で亡くなった時の挽歌「悼空穂先生」十三首（『新日本歌人』六月号）は、哀切をきわめていました。

お悔みの手紙書きつつ不覚にも、
涙こぼしき
白き紙の上。

ある時期に
慈父のごとく先生を慕い申しき。
われ家具屋の小僧なりし頃。

声低く諭したまいし先生を

なつかしみ憶う、
すでに亡き先生。

順三の「悼空穂先生」には、感情の「激発性」や、感覚の「鋭敏さ」、「心理描写のするどさ」などはありません。あるとすれば、ただ、ひたすらに師を慕う「心情のゆたかさ」といえます。それが、歌を読む人の「胸に迫る力」となっています。順三の「悼空穂先生」を読んでいると、私にもあった空穂さんとの出会いが、思い出されてきます。それは何十年も忘れていたことでした。こまかなことは拙著『かく歌い来て』(二〇一一年) に書きましたので以下、簡単に述べます。

私が一人で雑司が谷に空穂さんを訪ねたのは、一九五五年の九月、私立高校の数学教師になって三年目、二十七歳の時でした。空穂さんは七十九歳で、矍鑠《かくしゃく》としていました。先師青柳競は、空穂の生まれた和田村の校長でしたが、一九五三年四月、膵臓壊死《えし》で急逝しました。処女歌集『秋風嶺』が、私の友人の経営する長谷川書房から刊行されて一年余り後の時でした。『秋風嶺』が出版されたとき、空穂は長い長い読後感を青柳競に寄せました。この歌集について、「郷国を同じうする者にして初めて感じ得る言い難いなつかしい御作」といい、「心覚えの為のしるしを附けましたが、その数が実に多く私には近来にないことでした。……しるしをつけたという事は即ち秀歌と云うことで、これは簡単には言いつくせないからです。」

国文学の泰斗、芸術院会員の窪田空穂のこの手紙を、青柳競は、誰の書評よりも「幾倍もの親しみと真実がこもっている」と非常に喜びました。私は先師のこの喜びと感謝を、いつか空穂さんに届けたい、そんな思いを持ち続けていての空穂訪問だったような気がします。前述した空穂の歌集『冬木原』の中に、和田村のある夜の歌会での先師のことを歌った次の一首があります。

歌びとの青柳をりてまつぶさに論《あげつら》ひつも空穂がひと歌

空穂さんの歌集『冬木原』も、先師青柳競の処女歌集『秋風嶺』も、友人の長谷川書房からの出版でした。先師の空穂に対する敬愛、そして生涯の師渡辺順三の空穂への親近を思うと、私の二人の師がいずれも窪田空穂につながることを、不思議な因縁のように思えてなりません。

4　わだつみのこえ　五十嵐顕

㈠

二〇一四年四月二十九日付「東京新聞」は、新聞の常識を破った編集内容で、思わず息をのむほどでした。戦没学徒の手記としてよく知られている『きけわだつみのこえ』の最後に収められている木村久夫の遺書がもう一通存在していたことを報じたものでした。

木村久夫は、旧制高知高校から京都大学にすすみ、学徒兵として召集され、敗戦後

東京新聞
中日新聞東京本社
〒100-8505 電話03(6910)2211

紙面について
●電話
03-6910-2201
（土日祝日除く 9:30~17:30）
●FAX
03-3595-6935
東京新聞ホームページ
TOKYO Web
www.tokyo-np.co.jp

「わだつみ」に別の遺書

恩師編集 今の形に

学徒兵・木村久夫 処刑直前残す

辞世の歌2首も

戦没学徒の遺書や遺稿を集め、戦後を代表するロングセラーとなっている「きけ わだつみのこえ」（岩波文庫）の中でも特に感動的な内容で知られる木村久夫（一九一八～四六年）の遺書が、もう一通存在することが本紙の調べで分かった。「わだつみ」ではすべて獄中で愛読した哲学書の余白に書かれたものとされていたが、実際は二つの遺書を合わせて編集してあり、辞世の歌も今回見つかった遺書にあった。

新たに見つかった遺書の末尾には、「処刑半時間前擱筆す」とあった。刑場に連れ出される直前までつづったことが分かる

風も凪ぎ雨も止みたり爽やかに
朝日を浴びて明日は出でなむ
心なき風な吹きこそ沈みたる
こころの塵の立つぞ悲しき

20歳のころの木村久夫

「もう一通の遺書」は手製の原稿用紙十一枚に書かれており、遺族が保管していた。父親宛てで、末尾に「処刑半時間前擱筆す（筆を擱く）」とあった。

この遺書で木村は、先立つ不孝をわび、故郷や旧制高校時代を過ごした高知の思い出を語るとともに、死刑を宣告されてから哲学者で京都帝国大（現京都大）教授だった田辺元の「哲学通論」を手にし、感激して読んだことをつづった。また、戦後の日本に自分がいない無念さを吐露。最後に別れの挨拶をし、辞世の歌二首を残した。

木村の遺書は、旧制高知高校時代の恩師・塩尻公明（一九〇一～六九年）が四八年に「新潮」誌に発表した「或る遺書について」で抜粋が紹介され、初めて公になった。「凡てこの（『哲学通論』の）書きこみの中から引いてきた」とされ、「わだつみ」でも同様に記されたが、いずれも二つの遺書を編集したものだった。

「わだつみ」の後半四分の一は父宛ての遺書の内容だった。二つの遺書を精査したところ、「哲学通論」の遺書で陸軍を批判した箇所などが削除されたり、いずれの遺書にもない言葉が加筆されたりしていたことも分かった。「辞世」の歌二首のうち最後の一首も違うものになっていた。

大阪府吹田市出身の木村は京都帝大に入学後、召集され、陸軍上等兵としてインド洋・カーニコバル島に駐屯。民政部に配属され通訳などをしていたが、スパイ容疑で住民を取り調べた際、拷問して死なせたとして、B級戦犯に問われた。

取り調べは軍の参謀らの命令に従ったもので、木村は無実を訴えたが、シンガポールの戦犯裁判で死刑とされ、四六年五月、執行され

遺書全文6、7

わ　「きけ わだつみのこえ」　東京大協同組合出版部が1947（昭和22）年に出版した「はるかなる山河に―東大戦没学生の手記」を全国の学徒に広げ、49年に刊行された。82年に岩波文庫に入り、改訂を加えた95年の新版は現在もロングセラーを続けている。74人の遺書・遺稿を収録。木村久夫の遺書は、特別に重要なものだとして「本文のあと」に掲載されている。

際立つ戦争の不条理

解説　六十五年前に出版された「きけ わだつみのこえ」が、今も多くの人々の心をとらえるのは、そこに戦没した若者たちの真っすぐな声が瞬間冷凍して保存されているからだ。その声は普遍的な価値を持つ、一級の歴史の証言と言える。

中でも短歌を織り交ぜた木村久夫の遺書は感動的で批評性にも富み、「わだつみ」の末尾に特別に置かれている。その遺書が、もう一つあった。何としても自らの思いを残しておきたいという木村の意思を表している。確実に親元に渡るように複数を残したとみられるからだ。

「わだつみ」の遺書は二つの遺書が編集してあり、当時としては表現が強すぎると判断したためか、軍部を批判した箇所などが大きく削られていた。辞世の歌も違っているなど、故人の思いが正確に伝わらなかったが、もう一つの遺書の発見により、完全に再現できるようになる。

二つの遺書の両方を読めば、近いうちに命を絶たれると分かっている中で、若き学徒が日本の過去や未来に思案を巡らせ、思い出を振り返りながら、次第に死

7人が死亡、38人が重軽傷を負った関越道の高速バス事故からきょうで丸2年に。26

木村 久夫 「もう一通の遺書」全文

若き命よさらば

大きな運命、一個人ではいかんともなしえない

留守担当者
大阪府吹田市大字佐井寺
四〇二九　父　木村久
（注❶）

遺品
一、遺書
一、英和辞典（これは倉庫にある背嚢の中にあり、これは内地より持ってきた唯一の品なるをもってできるだけご配慮ください）
一、メガネ

所属部隊　第三十六旅団岡野部隊花岡隊
留守担当者　大阪府吹田市大字佐井寺　木村久

遺書　木村久夫

いまだ三十歳に満たざる若き生命を持って老いたる父母に遺書を捧げるの不孝をお詫びする。いよいよ私の刑が施行されることになった。絞首による死刑である。戦争が終了し戦火に死ななかった生命を今ここにおいて失っていくことは惜しみても余りあることであるが、これも大きな世界歴史の転換のもと国家のために死んでいくのである。よろしく父母は、私は敵弾に当たって華々しい戦死を遂げたものと諦めてくれ。私が刑を受くるに至った事件（注❷）の内容については、福中英三氏（注❸）に聞いてくれ。ここで述べることを差し控える。

父母はその後お達者であるか。孝子（注❹）は達者であるか。孝ちゃんはもう二十二歳になるんですね。立派な娘さんになっているんでしょうが、一目見れないのは残念です。早く結婚して私の家を継いでください。私のいない後、父母の孝養を尽くせるのは貴女だけですから。私は随分なお世話を掛けて大きくしていただいて、いよいよ孝養も尽くせるという時になってこの始末です。これは大きな運命で、私のような者一個人ではいかんともなしえないことでして、全く諦めるより外に何もないのです。言えば愚痴はいくらでもあるのですが、すべてが無駄です。止しましょう。大きな爆弾に当たって形なく消え去ったのと同じです。

こうして静かに死を待ちながら座していると、故郷の懐かしい景色が次から次へと浮かんできます。分家の桃畑から佐井寺の村を下に見下ろした、あの幼な時代の景色は今も目にありありと浮かんできます。谷さんの小父さんが下の池でよく魚釣りをしておられました。ピチピチと鮒が糸にかかって上がってくるのもありありと思い浮かべることができます。家のお墓も思い出します。そこからは遠くに吹田の放送局や操車場の広々とした景色が見えましたね。またお盆の時、夜お参りして、遠くの花壇で打ち上げられる花火を遥望したことも思い出します。

またお墓の前には柿の木がありましたね。今度帰ったらあの柿を食ってやります。御先祖の墓があって祖父、祖母の石碑がありますね。子供の頃、この新しい祖母の横に建てられる次の新しい墓は果たして誰の墓であろうかと考えたことがありますが、お祖母さんの次に私のが建つとは、その時は全く考え（が）及びませんでした。お祖父様、お祖母様と並んで、下の美しい景色を眺め、柿を食ってやりましょう。

思い浮かびましたからついでにお願いしておきますが、私の葬儀などはあまり盛大にやらないでください。ほんの野辺の送りの程度で結構です。盛大はかえって私の気持ちに反します。またお供え物なども慣習に反するでしょうが、美味そうな洋菓子や美しい洋花をどっさりお供えください。私はどこまでも明朗でありたいです。

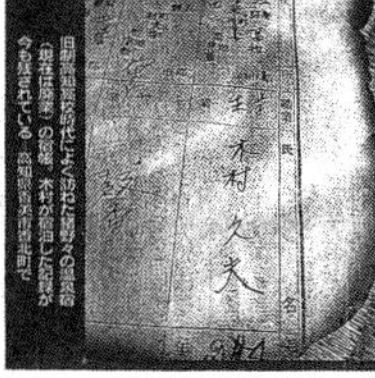

旧制高知高校時代によく訪れた猪野々の温泉宿（現在は廃業）の宿帳。木村が宿泊した記録が今も残されている＝高知県香美市香北町で

次に思い出すのは何を言っても高知です。境遇および思想的に最も波乱に富んだ時代であったから、思い出も尽きないものがある。新屋敷の家、鴨ノ森、高等学校（注❺）、堺町、猪野々（注❻）、思いは走馬燈のごとく走り過ぎていく。塩尻（注❼）、徳田（注❽）、八波（注❾）の三先生はどうしておられるであろう。私のことを聞けば、きっと泣いてくださるであろう。随分なお世話を掛けた。

私が生きていれば思い尽きない方々なのであるが、何の御恩返しもできずして遥か異郷で死んでいくのは残念だ。私のすべてが芽生えたのはこの時であったのであるが、それも数年とは続かなかった。せめて一冊の著述でも出来得るだけの時間と生命が欲しかった。これが私の最も残念とするところである。

私が出征する時に言い遺してきたように、私の蔵書は全部塩尻先生の手を通して高等学校に寄贈してくれ。学校の図書が完備されていないことは私がつとに痛感していたところであった。私の図書の寄贈によってかなりの補備ができるものと信ずる。若き社会科学者の輩出のため少しなりと

「もう一通の遺書」の全文と、「わだつみ」では削除された『哲学通論』の書き込みの抜粋を紹介する。

▲学生時代の木村久夫。恩師・塩尻公明と出会って学問に目覚めた＝撮影場所不明

全体を…
めた。…
とカタカ…
は外来語…
なとし…
送り仮名…
頭の一字…
た。指示…
漢字を…
かな読み…

軍人 正直に反省せ

…の軍人は、私たちの予測していた通り、やはり国を亡ぼしたやつであり、すべての虚飾を取り去れば、我欲そのもののほかは何ものでもなかった。（25㌻）

大東亜戦以前の陸海軍人の態度を見ても容易に想像されるところであった。陸軍軍人は、あまりに俗世に乗り出しすぎた。彼らの将々の広言にもかかわらず、彼らは最も賤しい世俗の権化となっていたのである。それが終戦後、明瞭に現れてきた。生、物に吸着したのは陸軍軍人であった。（27㌻）

（連合国軍の看守から）全く不合理と思えることが、日本では平然と何の反省もなく行われていることが平然と横行するまま許して来たのは、何と言ってもわれわれの赤面せざるべからざるところである。

単なる撲るということからだけでも、われわれ日本人の文化的水準が低いとせざるべからざる諸々の面が思い出され、また指摘されるのである。

ことに軍人社会、およびその行動が、その表向きの大言壮語にかかわらず、本質は古い中世的なものそのものにほかならなかったことは、反省し全国民に平身低頭、謝罪せねばならぬところである。（59、61㌻）

この（見るに堪えない）軍人を代表するものとして東条（英機）前首相がある。さらに彼の終戦におい

…彼らの言う…すなわち「彼…い恩恵には不…想」という尊…もないのであ…以上のことは…のである。（…
軍人が今日…た栄誉栄華は…たのであるか、…の犠牲のもと…すぎないので…労働者、出…は何も食物は…々隊長と言わ…家には肉でも、…子でも、いく…のである、―…まい、涙が出…である。（1…
天皇崇拝の…

2014年4月29日付「東京新聞」の記事より

の一九四六年五月二十三日に、無実であるにもかかわらず、B級戦犯として、シンガポールのチャンギ刑務所で処刑されました。二十八歳でした。

「東京新聞」は、第一面トップで「『わだつみ』に別の遺書」の横見出しをおき、縦見出しに、「恩師編集　今の形に―学徒兵・木村久夫処刑直前残す」として、遺書の概要と、「際立つ戦争の不条理」と題した「解説」をかかげたものです。遺書の全文は、六面と七面の見開き全面を埋めて紹介されています。さらに、二面、三面、二十七面にこれも全頁を埋めるに近い関連記事をかかげています。こうしてみると、それは全紙をあげて、木村久夫の第二の遺書の存在と、その意義を特集したものといえます。第二の遺書には十四首の短歌が書かれており、遺書の最後は、「辞世」として次の二首が書かれています。

風も凪《な》ぎ雨も止みたり爽やかに朝日を浴びて明日は出でなむ
心なき風な吹きこそ沈みたるこゝろの塵《ちり》の立つぞ悲しき

そして「遺骨は届かない、爪と遺髪とをもってそれに代える。」とあり、「処刑半時間前擱筆《かくひつ》す」として、この第二の遺書は終わっているのです。

㈡

私の持っている『きけわだつみのこえ―日本戦没学生の手記』（東大協同組合出版部）は、一九四九年十月二十日初版のものです。この本の最後は、木村久夫の遺書で終わっていますが、その内容は、「死の数日前偶然にこの書を手に入れた。死ぬ前にもう一度これを読んで死に就かうと考へた」と書きはじめている。「この書」とは、田辺元の『哲学通論』のことで、この本の余白を埋めて第一の遺書は綴られているのです。その遺書を読んで私が感動したのは、読んだ私の年齢が木村久夫の処刑時の年齢とおなじであったことにもよりました。いずれにしても、六十年以上この初版本を手離さずに持っていたわけです。

その後、思わない機会に、私は木村久夫について、さらに深く印象づけられることになりました。やや遠回りになりますが、そのことを述べたいと思います。


私が日教組本部に入ったのは、一九六九年ですが、戦後、後発的な私学における組合活動は、七〇年代から、新しい高揚を切り開き、「国民のための私学づくり」を合言葉とした私学労働運動が、全国的に発展していきました。私は年がら年中、全国を飛び廻っていました。

高知県でも私学の学園民主化闘争が燃え上がっていきました。

その頃私は、石川啄木の友人の吉井勇に関心をもっており、「伯爵家のドラ息子」などといわれた吉井勇が、晩年は、土佐を愛し、物部川の上流の猪野沢温泉に、渓鬼荘という草庵をかまえ、人生を真摯に探求しつつ、足かけ四年ほど住み暮らしたことを知りました。一九七〇年代の前半頃、私は高知にオルグで出張したおりなど、前後二回ほど、猪野沢温泉を訪れ、渓鬼荘にも泊めてもらったことがあります。

寂しければ御在所山の山桜咲く日もいとどまたれぬるかな

これは旅館の入り口に建てられた吉井勇の歌碑です。「かにかくに祇園はこひし寝るときも枕の下を水のながるる」という吉井勇の処女歌集『酒ほがひ』（明治四十五年）の中の有名な歌に流れている耽美的、退廃的な情緒は、「寂しければ」の歌碑の歌には、ほとんどその影をとどめていないものでした。猪野沢温泉のしにせ旅館の経営者は、今戸顕・道子夫妻でした。この夫妻から『きけわだつみのこえ』の木村久夫の話を聞いたのは、それから二十年ほどたった一九九七年の年の暮れでした。

私はその頃、もう現職ではありませんでしたが、京都のかもがわ出版から、『無党派＋《プラス》日本共産党の時代』をテーマに、高知県における革新自治体の発展状況を書いてほしいと頼まれて、前後四回にわたって、高知県下の革新自治体を取材してまわったことがあります。その時私は、三回目の猪野沢温泉を訪れ、しにせ旅館の女将今戸道子さんと顕さんにインタビューしました。当時は、翌年に行われる予定の参議院選挙に、歌人でもある西岡るり子さんが、高知の革新統一候補として出馬することになり、そのための運動が県下でくり拡げられていた時期です。今戸道子さんは、自民党を離党して、西岡さんの支援をしていたのでした。

この時の今戸夫妻への取材で、木村久夫と猪野沢温泉とのかかわりを、くわしく聞くことができました

木村久夫は旧制高知高校時代から、吉井勇に傾倒し、渓鬼荘のあるこの猪野沢温泉に何十泊もしているということでした。今戸顕さんは、小学生の頃から、木村久夫がくると、よく一緒に遊んだりして可愛がられたといいます。顕さんは、木村久夫の戦争犯罪など、とうてい信ずることができませんでした。顕さんは、優しかった「木村のお兄ちゃん」の面影を忘れることができず、その足跡を猪野沢に残すため、賛同者を集めて、一九九五年の、木村久夫の五十回忌に歌碑を建立したのでした。

私がインタビューに訪れた二年前のことです。この碑に刻まれた歌は、『きけわだつみのこえ』の中の次の一首でした。碑は吉井勇の歌碑と並ぶようにして、今戸さん夫婦のしにせ旅館の前にたっていました。

音もなく我より去りしものなれど書きて偲びぬ明日といふ字を

㈢

木村久夫の歌碑が猪野沢温泉に建った年、一九九五年に、私の敬愛するすぐれた教育学者の五十嵐顯さんが急逝されました。五十嵐さんは、東大教育学部教授を退官された後、名古屋の方の大学に移られてしばらくした頃でした。五十嵐さんは、研究者でしたが、同時に、詩人であり、啄木の愛好家でもありました。一九九六年に、遺著となった『「わだつみのこえ」を聴くー戦争責任と人間の罪との間』（青木書店）が出

戦没学生の手記『きけわだつみのこえ』

版されました。五十嵐さんのこの本は、戦没学徒の手記『はるかなる山河に』や、『きけわだつみのこえ』にわけ入って、生死の極限状況の中で綴られた学徒の手記の中から、今を生きる人間が、あらためて深めるべき問題を明らかにしようとしていました。

五十嵐顕さんは、とりわけ木村久夫の遺書を克明に追っています。それは著書の約三五％も占めています。

木村久夫がその遺書の中で、「日本がこれまであえてして来た数限りない無理非道」について述べていることに五十嵐さんは注目します。さらに、「戦没学生の手記としては唯一」と高く評価した、木村久夫の遺書の「満州事変以来の軍部の行動を許してきた全日本国民の遠い責任」の問題について、その思索を深めています。五十嵐さんは「わだつみ」世代として、戦争から「生きて還った」者の、「私らのちかいところの責任」としての意義を追求したのでした。

五十嵐顕さんは、前述の遺著の巻頭に「弟を思う」と題する詩をおいています。四連からなるこの詩の最後で、五十嵐さんは次のように歌っています。

山のむこうの北の都よ
ひとり遠く思いを知るか
いくさに駆りたて
若いいのちを
奪ったのは誰か

月をかさね
年はめぐるが
ゆるしはしない

五十嵐さんが、「ゆるしはしない」と書いたとき、おそらく、木村久夫のことと、思いを重ねていたことでしょう。その思いはまた、土佐の猪野沢温泉の今戸顯さんの、木村久夫への思いとも重なるものでしょう。木村久夫が、田辺元の『哲学通論』の余白に書き綴った遺書の中で、「満州事変以来の軍部の行動を許して来た全国民の遠い責任」と書いたとき、日本帝国主義の侵略戦争に一貫して反対し、命を賭して、国民の立場にたって、たたかい続けてきた、日本共産党の真実を知ることができなかったのは当然のことです。まして、木村久夫が処刑される一ヵ月前の一九四六年四月、戦後最初の総選挙で、日本共産党が五人の代議士を当選させ、党創立以来初めて公然と国会に進出したことなど、知るよしもなかったかもしれません。

それにもかかわらず、木村久夫の言った「国民の遠い責任」、歴史の問題を明らかにしつつ、国民の最も身近な草の根の位置にたつ政党として、いま、ありとあらゆる階層の人びとととともに、「一点共同」のたたかいを拡げ、戦争への道をつき進む、改憲勢力を阻もうとする日本共産党——、それは、木村久夫のいった「全国民の遠い責任」を果たす毅然とした存在であることはたしかです。

五十嵐顕さんが、亡くなる前年の三月に、一枚のハガキを送ってきました。それは、私が「赤旗」文化欄に書いた「良寛・その歌境と生活」（一九九四年三月八日付）と題したエッセイについての感想でした。その頃、良寛が静かなブームを呼んでいました。中野孝次の『清貧の思想』が、はずみをつけていました。

私は、このエッセイを書くために、大雪が降った日に東京を出発し、越後線で海沿いを北上し、国上《くにかみ》山中の良寛の五合庵《ごごうあん》の雪の中にいました。私のエッセイは、良寛が、五合庵で、自らの老いをいたみつつ、また老いを見つめたであろうことに、思いを馳せたものでした。その中で、私は良寛の死の直前作といわれる旋頭歌《せどうか》（五七七・五七七の六句体）を引用しました。

　ぬばたまの夜はすがらに糞《くそ》まり明かし　あからひく昼は厠《かわや》に走りあえなくに

私のエッセイは、世俗的人間を放棄し、禅の苛烈な修業によって、良寛がその内面に確立していったものは、自在の世界であり、もっとも人間的であったことにふれたものです。

五十嵐顕さんのハガキは、今私の手許にありませんので、正確に引用することができません。しかし、私のエッセイを読んだ五十嵐さんが、「心にひびき胸にしみました」と書いたあとで、『赤旗』にこのようなエッセイが出るようになって嬉しいことです」と付記してあったところは、今もありありと覚えています。その頃、おそらく五十嵐さんも、老いた体に心臓病を抱えながら、もしかすると、死を予感しながら、木村久夫の遺書の思想の探求を続けていたのではなかったか、と思ったりします。

《猪野沢温泉に建つ木村久夫の歌碑》
音もなく我より去りしものなれど書きて偲びぬ明日という字を

5　無音の世界から　松山映子

㈠

松山映子よりの手紙（一九五五年九月二十四日消印・長野県諏訪郡富士見町落合　富士見高原療養所　柊）

雄田のぼる様

お元気にお過しでいらっしゃいましょうか。いつぞやは幹事会のみなさまからヨ

5　無音の世界から　松山映子

セガキのおはがきをいただき、ありがとうございました。

うれしく拝見しながら、ごぶさたを重ねお許し下さい。

歌人総会も盛会でしたよし、よろこんでおりました。いつもお骨折りでおそれいりますが、「はげます会」の三期分4千円同封でお送りいたします。おそくなって申訳ありません。

こちらはもう、まわりの山々は秋の色がふかく、朝は、十五度位、ひんやりと感じます。

ゆっくり、すこしづつ元気になってくるようです。どうかみなさまによろしく。

ますますお元気でおすごし下さるように。

九月二十三日
松山映子

この手紙の約一ヵ月後に、また、富士見高原の、原の茶屋公園に建つ伊藤左千夫歌碑の絵ハガキが送られてきて、そこには、「私はぽっちりづつげんきづいてくるのにのぞみをかけて、冬越しでがんばってみようかと考えております。山は大分色づいてきています」とありました。

松山映子さんは、二十歳をすぎた頃、結核のため、八ヶ岳に近い富士見高原療養所で数年を過ごしました。敗戦後に、高原療養所時代の療養仲間であった人と結婚し、その家族と共に軽井沢で暮らしていました。この手紙の頃は、ごく短い療養所での滞在でしたが、のちに、結核の進行のため一九六〇年六月、ふたたび本格的な高原療養所の生活となり、三年間を過ごすことになります。この頃、松山さんはストレプトマイシンの副作用で、難聴に陥っていました。

高原療養所に移ってから一年余の間に、松山さんはつぎつぎと病変にあい、治療のために使用したカナマイシンのため、とうとう完全に聴覚が失われてしまったのです。

この富士見高原療養所は、堀辰雄の小説『風立ちぬ』や『菜穂子』などの舞台です。これらの小説の主人公は結核に苦しみますが、松山さんも、結核特有の喀血、発熱にさらされながら、一切の外界の物音から遮断された生活の中におかれました。その上に、姑との軋轢《あつれき》、遠く離れた夫との問題などが、かぶさってきました。それは、堀達雄の小説の主人公より、はるかに深刻な状況の中におかれていました。松山さんは、身動きできない病床で、身もだえ、慟哭したのでした。それでも彼女は、かならずあたらしい日本と世界の未来があることを信じつづけたのでした。貧しく、働く人びとに身をよせた思想こそ、松山さんの筆舌に尽くしがたい病床生活を支えた根本の力でした。

松山さんは、一九五二年に新日本歌人協会に入って、闘病の中で作歌に力を注ぐようになります。そして、一九六五年八月に、最初で最後の歌集『無言歌』が白玉書房から刊行されました。いま、この遺歌集ともいうべき歌集を読むと、一首、一首に作者の慟哭と、その中で生きることへの切実な憧れを感じとることができます。私の好きな歌をいくつか紹介します。

松山さんの歌は、わかりやすい一行書きの口語自由律の歌の時代があり、やがて病気やさまざまな桎梏《しっこく》とのたたかいの中で、また文語脈の定型歌に戻っていきます。内面のリズムが、どうしても文語的な緊迫性や凝集力をもったリズムを求めたからでしょう。

ひときれのパンも玉子もたべきれないで、どこまでくじけるか　まけるのはいや

書見器にレーニン伝の見える病室《へや》、あのひとともいつか話してみたい

着いたばかりの夫の外套のうでにすがる、なみだあふれるにまかせ一九六一年元旦

涸れ井戸の水汲むごときいらだちもち　うたよ明日に向くわがうた湧けよ

口あけて嘆きの音を消して哭く無音の世界のいのちながきを

松山さんが、これらの歌を歌集『無言歌』の中に書き残した富士見高原療養所は、

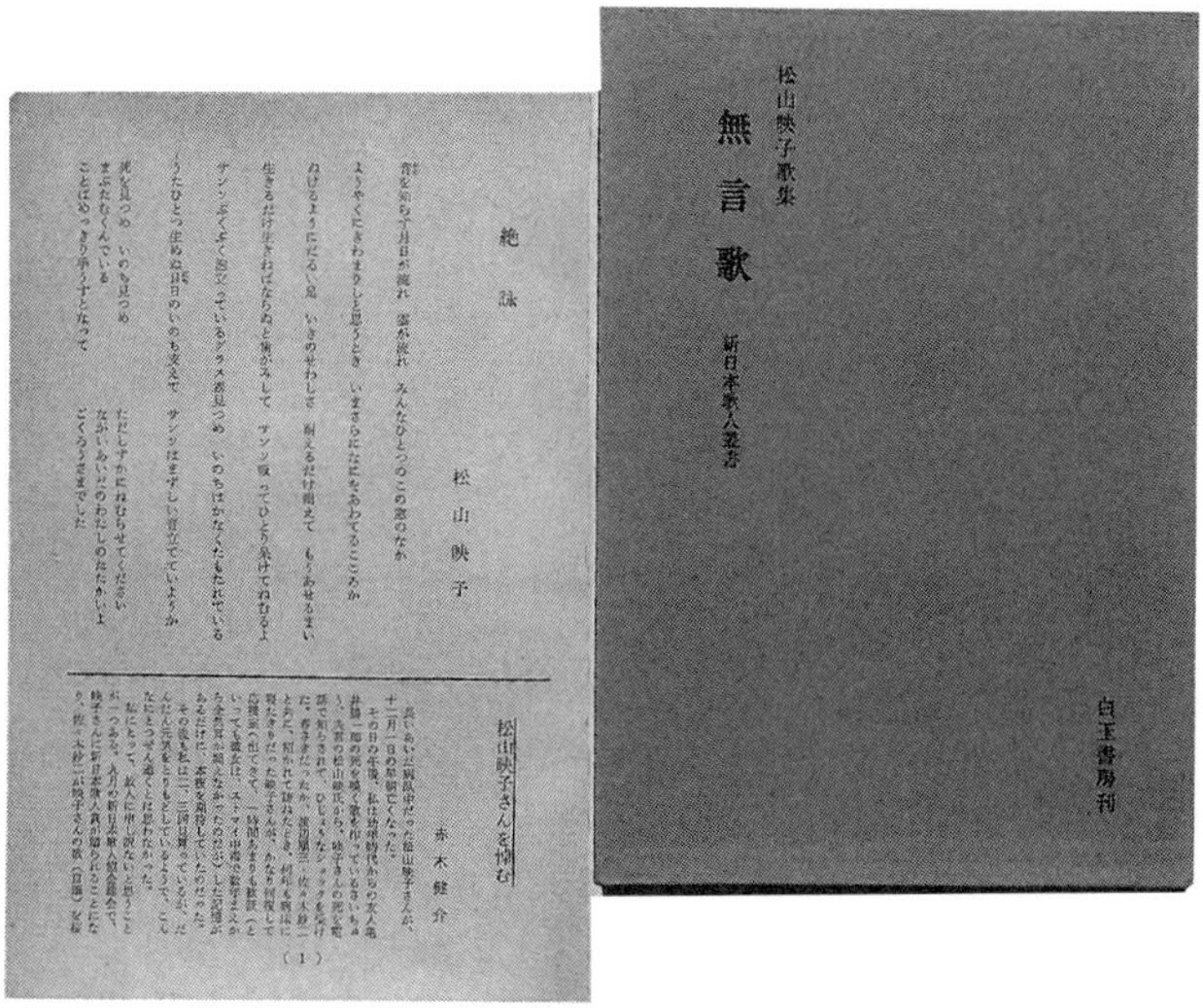

松山映子歌集『無言歌』

八ヶ岳山麓のゆるやかな傾斜地に昭和初年に建てられました。

南アルプスが目前につらなり、富士山も見えるこの地は、大自然の環境と、空気と日光に恵まれ、結核療養所としては広く知られていました。とくに富士見高原サナトリウムと呼ぶとき、このラテン語がロマンとエキゾチックな雰囲気をかき立てるようでした。

大正初期に、なよかな女性の絵姿で人気を呼んだ、ロマン派の画家竹久夢二も、病魔のため、入所一年後の昭和九年（一九三四年）九月、五十歳でこの高原療養所で亡くなりました。

十年ほど前、所用で信州に帰ったとき、茅野市に住む元日高教（日本高等学校教職員組合）書記長の五味省七氏に案内されて、かつての富士見高原療養所跡を訪れたことがあります。現在は、この地域における立派な総合病院となっており、昔の面影はまったくありませんでした。ただ院内の一角に、高原療養所時代の病室が記念として保存されており、病室での患者の日常用具や、患者名簿、当時の写真、記録などが並べてありました。病室は、小学校の教室の半分くらいの広さで、木のベッドなどがおいてありました。全体としてやはり、病者の気配が残っているような、うらさびれた感じでした。患者名簿で竹久夢二は探すことができましたが、松山さんの名は探し出すことができませんでした。

(二)

松山映子さんは、やや症状が好転したころ、富士見高原療養所から担架で杉並の自宅に戻り、病床生活を続けたものの、一九六六年十二月一日の早朝に亡くなりました。雑誌『新日本歌人』一九六七年一月号に発表した「夏の日」と題する九首が最後の投稿で、「遺詠」として発表されています。亡くなる三ヵ月前の九月に、神奈川県伊勢原で開かれた新日本歌人協会の第二十一回総会で、松山さんに新日本歌人賞が贈られました（現在の協会賞とは異なります）。佐々木妙二が、松山さんの自筆の歌を、桜の版木に彫って記念品として贈呈しました。松山さんは、その夫君とともに、毎月多額のお金を匿名でカンパし続けてくれました。当時の『新日本歌人』は、わずか二十四頁の雑誌でした。廃刊の話がしばしば常任幹事会で出るような事態で、協会の歴史の上では、財政的に大きな危機の中にありました。松山さんの匿名カンパは、生前、

二、三の人以外はまったく知られていませんでした。今ふり返ると、松山さんの匿名カンパは、二十四頁のうすっぺらな雑誌を、なんとか持ちこたえる上で、大きな支えとなった気がします。
『新日本歌人』一九六七年二月号は、「松山映子追悼」の小特集をしています。巻頭に「絶詠」八首があります。うち三首をかかげます。

音を知らずに月日が流れ　雲が流れ　みんなひとつのこの窓のなか
生きるだけ生きねばならぬと歯がみして　サンソ吸ってひとり呆けてねむるよ
うたひとつ生めぬ日日《にちにち》のいのち支えて　サンソはまずしい音立てていようか

「絶詠」八首のうち二首は、口語自由律三行書きの歌です。これこそ「絶詠」です。

ただしずかにねむらせてください

ながいあいだのわたしのたたかいよ
ごくろうさまでした

松山さんは、すでに引用してきた作品からもわかるように、戦後長く日本共産党の支持者でしたが、死の二年ほど前に、赤木健介に、「自分のような病床に寝たきりの人間が、共産党に参加するなど大それたことであろうか、なんとかして入党したい」と相談しました（赤木健介「松山映子さんを悼む」）。赤木健介が賛成したことはいうまでもありません。それからの松山さんが、耳も聞こえず、病床に臥しながら、党と大衆のためにどんなにつくしたかが、没後に、多くの人によって語られました。

私が松山さんを見舞ったのは、死の一年ぐらい前の頃だったように思います。松山さんが読みたいと言っていた私の第一歌集『夜明けまえ』を持参してのことでした。ベッドの脇に置いてあったメモ用紙での筆談でした。その時、どんなメモを書き、松山さんがどんな返事を書いたか、今はまったく記憶していません。ただ妙に胸が痛くなるような思いがあったことだけを覚えています。

権力に追随するものを嘲《あざけ》りしわれに恥ずべきおもいはなきか

私の愛唱してやまない、松山映子の絶唱です。入党後の作品です。人は誰しも弱さをもっています。とりわけ、その人のもつ弱さがありありとするのは、権力の影響下にある人などに向かいあった時です。そのような時、己の思想を誇示するような高い目線から、見おろすようにして、したり顔で、相手を蔑むようなことはなかったかと、作者は自分に厳しい問い返しをしているのです。

この一首には、緊張したリズムがあります。作者の歌わんとする内容は、この緊張したリズムと一体のものです。こうして「権力に追随するものを嘲りし」の歌は、作者の深い人間観と、思想を内在させています。それは、無音の世界で、苦しみながら作者が獲得したものでした。

この歌を読んでいると、若い日の小林多喜二が、「リズムは思想である」と言った意味が、わかるような気がします。

松山さんが、前回の手紙の中で、「はげます会」と言っているのは、当時「渡辺順三をはげます会」という会員組織があって、病弱な渡辺順三の生活を支えようと活動していました。毎月、会員からカンパを集め、順三に届けると同時に、報告をかねた「守る会ニュース」を発行するなどの仕事を、私がしょいこんでやっていました。松山さんは、そうした私の活動を、病床から支えてくれたのでした。いまこの原稿を書きながら、五十年近くも前に亡くなった、松山さんへの追悼の思いが、なにか新鮮な感じで思い返されてくるのです。

6　剛毅と繊細　江口渙

㈠

江口渙よりのハガキ（栃木県烏山町屋敷町　一九六四年十二月三日）

先月十九日から昨日（二日）まで、共産党の大会で東京にいっていました。十一月二十日まで中央委員会、二十四日から三十日まで党大会、十二月一日がまた中央委員会でそうとう疲れました。帰ってみるとあなたの歌集『夜明けまえ』がきていました。

御厚情有難う存じます。渡辺順三君はその後どうしていますか。「守る会」というのが一こうに渡辺君の消息さえ伝えて来ないのですが、どうしたのですか。会計報告もしないし、渡辺君の消息もつたえて来ない、随分とだらしない会だと思います。きみから注意して下さい。

江口さんからのこのハガキは、ちょうど五十年前のものです。このハガキを終わりまで読んだ時、私はひどく困惑してしまったことを、今も覚えています。なぜならば、「渡辺順三を守る会」は、私がとりしきっていたような会で、もちろん会計も、渡辺さんの消息をニュースで伝えることも、みな私の責任でした。「きみから注意して下さい」と江口さんはいうけれども、注意する相手は、私以外にはいないからです。それに、もっと悪いことには、江口さんは、「はげます会」の責任者が私であり、ニュースの発行をしているのも会計責任も私だということを知っていて、「きみから注意して下さい」といっているらしいことでした。

前述の「5」で、松山映子さんからの手紙を紹介し、そこに登場してくる「はげます会」について、少し説明してきました。松山さんの手紙の頃は、私は私立高校の教師で、まだ職場には組合もなく、私は新日本歌人協会以外のどんな団体にも所属せず、いってみればヒマでした。そんなことも一つの条件となって、「はげます会」の実務を買って出たのでした。しかし、私のおかれた物理的条件は、一九五九年の春から、激変してしまいました。

私の職場に、二年がかりで教職員組合が結成され、私は委員長になり、毎日のように解雇撤回の団体交渉を行い、一ヵ月ほどで勝利すると、今度は賃金闘争に入っていきました。これも一定の成功をおさめると、ようやく腰をすえた、学園民主化闘争や、教育実践の活動に取り組んでいきました。このあたりのことは、拙著『遥かなる信濃』にくわしく書きましたので省略しますが、組合結成と同時に、上部団体の東京私学教職員組合連合（略称・東京私教連）の執行委員となり、江口さんのハガキの頃は、私は書記長でした。この当時の私の仕事といえば、あちこちで起きている生徒急増期の経営者の合理化攻撃に反対しながら、何十人もの不当な首切りの撤回闘争に、東京中を飛びまわることでした。組合活動以外にさける時間はありませんでした。

江口さんが、おそらく苦笑いしながら、私宛てのハガキに最後の一句を書いてよこした（と、思われる）頃の私のおかれた状態でした。

江口さんに、返事のしようがありませんでした。私は「だらしない会」の担当者に、「きみから注意して下さい」ということについては、ついに口を閉ざして通すことにしました。

幸いにとでもいうか、江口さんからは、この件についての結果報告を求めてはきませんでした。私の責任において釈明すべきこの問題は、江口さんの生前に、正直に告白して、詫びることを遂にしませんでした。

江口換さんが八十七歳で亡くなったのは、一九七五年一月十八日でした。順三の死

江口渙（1969年）

去から三年目です。江口さんの訃報を受けとったのは、オルグ先の津軽の吹雪の中でした。ようやく栃木県烏山町の江口さんの家にかけつけたのは二日後の二十日でした。江口さんはもう晩年の遺影の前で、骨になっていました。

その遺影は、長いがっしりとした自然木の杖をついて、竹林のある山際の道を歩いてくるものでした。それはいかにも剛毅で、繊細な江口さんをよくあらわしていました。写真家の田村茂さんが撮ったものです。江口さんは、今にも山道をスタスタとおりてくるような気配でした。その遺影を見つめていると、江口さんが、「なんだ、おそかったではないか」と言っているようでした。

一すじの山路けわしく荷を負いて人は超えゆく山の彼方へ

この江口さんの一首は、江口さんの生涯をよく表しています。遺影にぴったりの歌だと私は、霊前で思っていました。

その日の帰途、私は烏山町の郊外にある、江口家の菩提寺の養山寺を訪れました。一九六九年に江口さんのはじめての歌集『わけしいのちの歌』が出版された時から、一度はたずねたいと思っていた寺でした。小高い山の中ほどにある無住の寺でした。一日中、霜柱の消えない山陰の道を通って、本堂の裏にまわると、そこに江口家の墓地がありました。江口さんの父親の江口襄の墓を中心に、長方形の墓地に数基の墓石が建っていました。「わけしいのちの歌」の自然石の墓碑も一隅にあり、「江口孝」「女朝江」と名をつらねたものです。碑の裏側に次の歌が五行にかかれていました。

山蔭のひとつみ墓に母と子は相よるものか土となるとも

(二)

江口渙さんの文学の主戦場は、小説であったことはいうまでもありません。旧制一高で芥川龍之介と同期だった江口さんは、芥川龍之介と同じく夏目漱石の門下でもありました。

しかし、作家であると同時に、江口さんは熱心な短歌愛好家・実作者でもありました。小林多喜二が啄木を愛読し、芥川龍之介が斉藤茂吉に傾倒したように、江口さんは、中学生の頃に、与謝野晶子の『みだれ髪』に魅了されたのでした。その後、熊本の旧制五高時代に、『明星』の後身『スバル』に発表された啄木の歌を読むに及んで、「啄木こそは明治時代はじめての新しい歌人であり、まさに天才の名にあたいするものだとまでおもった」(『わが文学論』五九頁・青木文庫)と、その感動の大きさを回想しています。

江口さんは、啄木より二歳下ですから、まさに二人は同時代人でした。
戦後、新日本歌人協会創立に加わり、機関誌『人民短歌』につぎつぎと作品を発表しました。その中心は、敗戦直前の一九四五年七月に、一人娘を病気で失った慟哭の歌でした。これらの作品は、後に歌集『わけしいのちの歌』におさめられ、多くの感動をまきおこし、一九七〇年に第二回多喜二・百合子賞を受賞したものです。

死ぬる子の枕べにいて昼ふかし氷はとくる縁の日なたに
戦争の日に死ぬる児のあわれさは柩を埋めん花さえもなく
父ひとり生きてまた掃く山蔭の落葉はしげし吾子がみ墓に

生前、江口さんは『わけしいのちの歌』を、「遺言の第一章」（著者宛書簡）とよんでいました。この歌集が出て二年目に、渡辺順三が亡くなりました。その訃報を江口さんに伝えると、現金書留封筒に毛筆の、次のような痛切な思いにみちた手紙が届きました。

栃木県烏山町中央一―十五―五・一九七二年二月二十八日（消印）

渡辺順三君御逝去の事早速電話でお知らせ頂きまことに有難う存じます。

渡辺君と私とは日本プロレタリア作家同盟この方四十年にもわたる間柄です。特に敗戦後の二十七年間を日本共産党に加盟し、新日本歌人協会に席を同じくしたため一倍同志的結合を堅くしました。

渡辺君はむかしから真面目で穏厚でむしろひかえ目がちな人でした。それでいて自ら正しいと信じる道を歩みつづけてきたかと思うと強く心を打たれるものがあります。

とくに短歌の中でももっとも困難な道、人民の短歌の創造と普及の道に一生を捧げつくした事を思うと頭の下がる思いがします。

渡辺君はもう此世にいなくなりました。だが渡辺君の仕事はこのまま決して断絶するわけではありません。必ずや若い同志が後から後からと現れて渡辺君の歩みつづけてきた道をさらに力強く前進し、人民の短歌が輝かしい成果をあげることを私は堅く信じています。

最後に一言付け加えます。むかしは作家同盟が盛んだった時には、同盟員は二千名をはるかに越えていました。それが現在、共産党に残っている者は二十名に満たないのです。その中でも渡辺君は、短歌の仕事を一身に背負ってくれた唯一人の人でした。その唯一人の同志をついに失ったかと思うと、心から惜しまれてならないのです。

此度の渡辺順三君の葬儀を新日本歌人協会葬にしたことも、私はとてもうれしいのです。協会のみなさまの渡辺君に対する御厚情を心から感謝しています。

同封の金も協会葬に使って下さるようお願いします。

一九七二年二月二十七日夕

江口　渙

新日本歌人協会を代表して
雁田のぼる様

この江口さんの手紙は、渡辺順三評価についてのもっとも真髄の部分を、あざやかに浮かび上がらせたものです。

歌人としての江口さんを考える上で、私が注目している一つの作品があります。それは、「遊猟」という、敗戦後いちばん最初に書かれた小説作品です。

この作品は、「その日、大和高原は、にわかに冬の姿に変わった」という簡潔で、力のある表現ではじまっています。時代は遠く古代万葉の頃のことです。珂瑠皇子《かるのみこ》の、安騎《あき》の大野の狩猟につき従った宮廷歌人柿本人麻呂を主人公としています。すでに死んでしまった草壁皇子への堪え難い思慕と、壬申《じんしん》の乱をはじめとして、天皇一族の血で血を洗う皇位争奪の現実を見て、人麻呂の作歌への情熱も暗澹としたものになっていきます。しかし一夜明けて、狩猟を開始する中で、あらためて大自然とかかわる、生活の真実を発見した人麻呂が、作歌への若さと自信を回復していくというストーリーです。

人麻呂の長歌一首、短歌七首を書き込んだ短編「遊猟」には、五十九歳の江口渙のさまざまな思いが折り重ねられているように思います。戦争賛歌に明け暮れた短歌の世界への批判、ひとり子を亡くした悲傷からの脱出、歌を、伝統の重みによろけ、衰弱してゆくものとしてではなく、新しい時代の中で、その若さを回復すること、そのことこそ、「民主的短歌確立の第一歩」とした思想などです。江口さんは、一九四七年五月十八日に、神田一ッ橋で開かれた新日本歌人協会第二回総会に、新日本文学会を代表して、この若さへの自覚を強調したのでした。

『人民短歌』には、江口さんの、のちの『わけしいのちの歌』の骨格となる『碧層々居抄』と題する、大連作が発表され続けていた頃のことです。

7 地に爪あとを残したい　宮前初子

㈠

新日本歌人協会の忘れがたい女性歌人の一人に、宮前初子《みやまえはつこ》がいます。

短歌は抒情詩です。当然のことながら、短歌は、自分の感動を五句三十一音律のなかに、深く定着させることを本領としています。それだけに、その抒情の質が、伝統的、保守的になり、内部にこもり、自己中心的な詠嘆となる性格を色濃くもっています。

この短歌的抒情を、今日の社会や歴史の現実に、しっかり立ち向かうものとして変革していくことは、民主的短歌運動の中心的課題です。同時にそのことを抜きにして、現代の短歌を語ることはできないことです。

歌人宮前初子のたどってきた足どりは、保守的な結社で歌づくりの洗礼をうけながら、戦争と平和の問題を、作歌活動の中心に据えることによって、自己の立ち位置を革新的なものに変革していきました。そのことによって、現代の社会や政治の課題とわたりあう抒情を生み出し、一つの高い到達点を築いていったのでした。

私が宮前初子さんと出会ったのは、一九六〇年代の半ばでした。それは、直接二人が出会ったというのではなく、私の歌集を仲立ちとしたものです。

私の第一歌集『夜明けまえ』は、一九六四年十一月に、長谷川書房から出版されました。これはよく売れて、再版しました。私はその頃、東京の私学（幼稚園から大学までを含む）の教職員組合の書記長でした。周囲の友人たちの世話で、出版記念会が開かれたのは、翌年の二月はじめ頃だったと記憶します。会場は、東京空襲で奇跡的に焼け残った、神田一ッ橋の「帝国教育会館」と称した古いビルでした。戦後、日本教育会館となり、そこに日教組をはじめとして、教育関係の諸団体の事務所がありました。私たちの略称東京私教連（東京私学教職員組合連合）の事務所は、雨が降ると神田川が溢れて、水びたしになる地下にありました。

出版記念会は盛会でした。

次の手紙は、出版記念会に出席した麹町学園の富田美紗子さん宛てに、宮前さんが送ったもので、ハガキを二つに折った形のものでした。これが、私と宮前さんをつなぐ、最初の小さなノロシでした。

「一途なる闘いの歌読み終えてまた読み返えすわが胸熱く
闘いの姿勢たしかにある人の歌燃えて美しわれにせまりく
わが低き姿勢はげしく衝《う》たれたる　かく高らかにたたかいの歌

北ベトナム爆撃の報もきき流し起たざる吾の今日が轗うたる

下手な歌を並べました。
『夜明けまえ』読後、ただ
感動でいっぱいです。
この歌集を頂いたこと心から
お礼申し上げます。
碓田のぼる様とは御親しい
のでしょうか。もしお逢いに
なることがありましたら、私の気持をお伝えください。
そしてこの上とも日本の夜明け
を目指して歌いつづけて下さるようにと。
主人がいろいろお世話になり

ましたことのお礼があとにな
りましたが、本当にありがとう
ございました。
御主人によろしく、御自愛を。」

宮前さんのこの書簡は、富田さんから、そのあと私に送られてきたので、私の手許にあるというわけです。右の文中に、「主人がいろいろお世話になりました」とありますが、その折り、富田さんは、私の『夜明けまえ』を宮前初子さんにと、手渡したものであったことをあとで知りました。
『夜明けまえ』の出版記念会では、友人たちからいろいろ「おめでとう」などと祝われましたが、宮前さんのように感動して、歌まで作ってくれた人はありませんでした。私は舞い上がった心持ちで、早速雑誌『新日本歌人』を送って入会をすすめたのでした。四月十五日付けの、長い長い礼状が届きました。私と宮前さんとの文通は、こうして開始されました。

雨があり、風が吹き荒び、遅々としてそれでもどうやら春らしくなってまいりました。杏も李も花のさかり、桜の花便りもぼつぼつ聞かれる此の頃です。

昨日は、思いがけないお便りと、それに『新日本歌人』を御送り下さいまして、本当にありがとうございました。予期していなかっただけに、何と御礼を申してよろしいやら、とっても嬉しうございました。

実は、貴方の歌集は、この二月、夫が上京しました際、富田美紗子さんから頂いてまいり、何の予備知識もなくふと開いたその第一首目から惹かれてしまいました。

「秋相聞」特に好きです。その美しい抒情、清潔な愛情と充足。うかつにも革命への実戦に激しい闘いの日を持っていらっしゃる方だとは、ずっと読み進むまで知りませんでした。そして、「序」を読み、「あとがき」を読んで、一層感動させられたのです。

オリオンのかく美しき夜を帰る胸あたたかきわが組織より
いつか歴史にほほえむ日は来る海流のめぐる祖国の党よ強くなれ
闘いの歌がこんなに格調高く人の心をゆさぶって詠まれることができるかと、はげしく胸うたれたのです。

夜の更けるのも忘れて、一気に読み通し、この感激を誰かにどうしても伝えたくなって、富田さんにお便りしたわけでした。まさか、それが、そのまま貴方の御手に入ることなど考えてもいませんでした。

㈡

宮前さんの手紙は、これでまだ全体の三分の一です。続きは要約することにします。
宮前さんは以前、五島美代子の『立春』にいました。多少とも政治に関心をもつようになると、「自分個人のことに執しての作歌に疑問をもち」歌を断念して十年ぐらいたった時期に、歌への郷愁がわいてきたといいます。そんな時、私の『夜明けまえ』に出会ったというわけです。そして、ためらいながらも新日本歌人協会に入ることを決意し、作歌をはじめたことを伝えてくれました。

宮前さんは、一九一八年に大阪に生まれ、戦前、二十歳代のはじめ頃、五島美代子の主宰する結社「立春」に所属して短歌の道に入りました。戦後の一九四七年に、生涯の仕事となった歯科医院を、三重県多気《たき》町で開業しました。開業して二年後に、夫の鎮男氏は、東京の『漫画少年』を発行する学童社に単身赴任します。その時のことを、宮前さんの没後、鎮男氏が編んだ妻の遺歌集『虹』の「あとがき」で次のように書いていました。

「出発の際、地元松阪駅の改札口で私にしがみついて後を追う、まだ二歳の長男の手を、無理にひきもどした初子の目に溢れた、真珠のような涙の大きな粒を、私は今も忘れることができない」

敗戦後の、みな貧しい時代のことです。懸命に生きていこうとする姿と、別離の悲しみが、胸をうちます。三十一歳の宮前さんは、二歳二ヵ月の長男と、生後一ヵ月の長女の二児を守る暮らしでした。別居生活は三年に及びましたが、その間に、宮前さんが夫鎮男氏に送った手紙の一節が、やはり遺歌集の「あとがき」の中にありました。

「私、こんな生半可な生き方では、生涯の悔をのこします。歌にひたむきのいのちをかけ、地に爪あとを残したい」（一九五〇・九・一付）

「やっぱり歌に縋り、歌と共に生きるより他ないと思うようになりました」（一九五一・四・三付）

宮前さんの歌にかけた情熱の激しさを、あらためて感じます。

新日本歌人協会に入ってから、宮前さんの歌は大きく変化していきますが、それは平坦な道ではありませんでした。歌に行きづまり，『新日本歌人』に違和感を感じ、退会を考えたことも何回かありました。そのたびに長文の手紙が私の手許に届きました。

七〇年代に入っての頃、私は日教組本部にいましたが、関西方面への出張の帰途など、よく遠回りして、松阪にある城跡にゆき、石垣に腰掛けながら、宮前さんの相談にのったことを思い出します。

次に紹介するのは、一九七二年十二月に出した、私の第三歌集『世紀の旗』の感想に関わるものです。

雑田さん、思いがけなく『世紀の旗』お送りいただいて本当にありがとうございました。

「私は衝撃を受けるたびに、気をはげまし、作品を書くことによって耐えようとした」、「あとがき」を拝見して胸うたれました。なんという強いこころ。それは、「一九七二年七月十五日の党創立記念日を短歌実作者として二つの決意で迎えようとした」との一言にまた集約されています。

『世紀の旗』、なんときわやかな題名でしょう。雄田さんの気迫が、信念が、この一巻を貫いていると思いました。

『夜明けまえ』にはげしく感動した私は、それ以上にいま心をゆさぶられています。『夜明けまえ』の美しい抒情をさらにひきしめて、かなしみや、耐えがたい苦しみを溺れることなく歌いすえている、私はうまく云えませんが、奔流のような熱いこころが、ひびきをたてでせまってくるようです。

これは、私にとって嬉しい感想でしたが、私の個人的な喜びよりも、私は、宮前さ

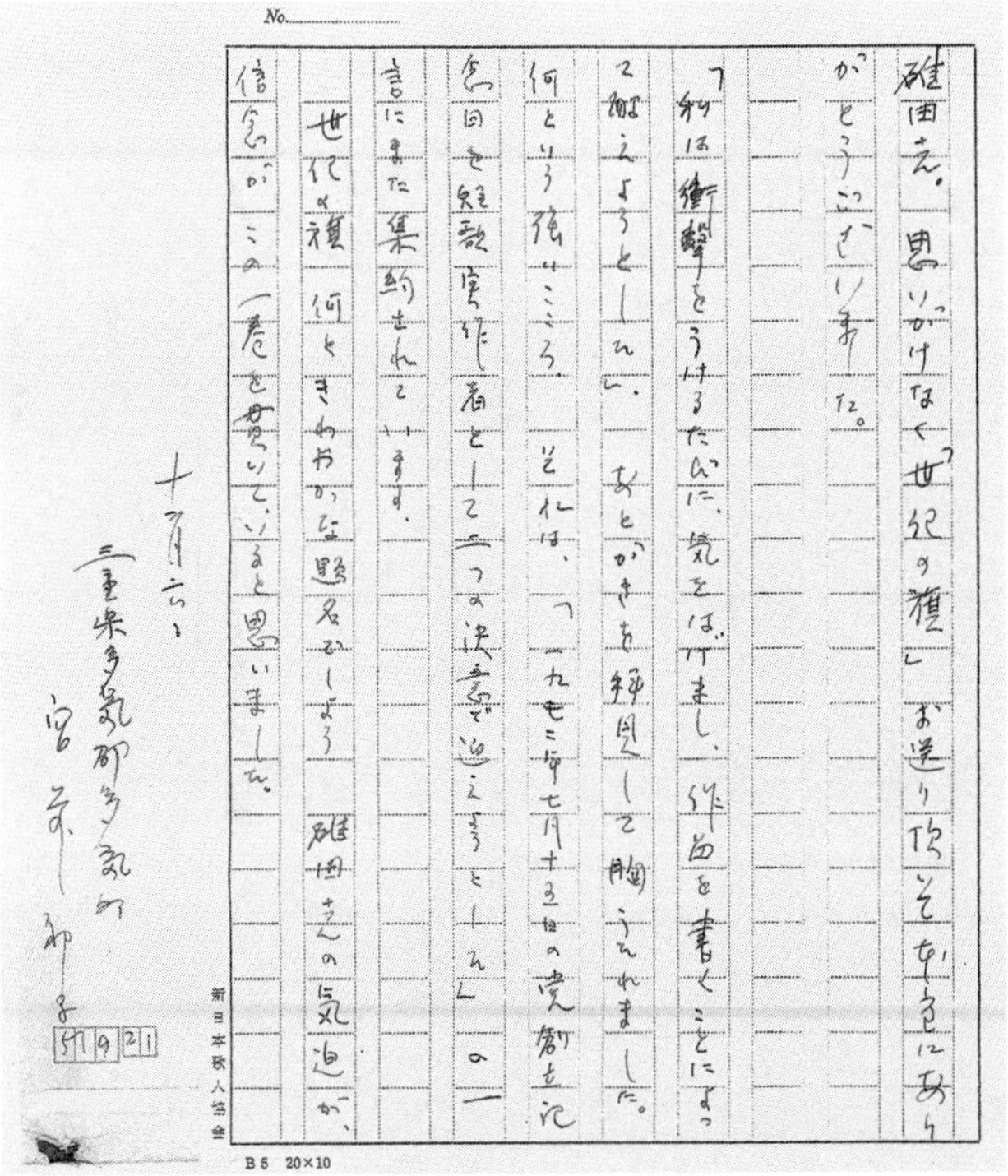
No.
碓田さん。思いがけなく「世紀の礎」お送り下さいましてあり
がとうございました。

「私は衝撃をうけるたびに、気をはげまし、作品を書くことによっ
て耐えようとしてきた。」あとがきを拝見して胸うたれました。
何という強いこころ。それは、「一九七二年七月十五日の党創立記
念日を短歌実作者として一つの決意で迎えようとしてきた」の一
言にまた集約されています。
世紀の礎 何ときわやかな題名でしょう 碓田さんの気迫が、
信念がこの一巻を貫いていると思いました。
十月六日
三重県多気郡多気町
宮前初子
新日本歌人協会
B5 20×10

宮前初子よりの手紙

んの歌に向けた視線の深さに感動したのでした。それは、なみなみでない、短歌の表現への精進に裏打ちされたものでした。

この手紙の二年前の一九七〇年、宮前さんは日本共産党に入党しました。そして、翌七一年に第一歌集『朱花』を出版しました。表題にこめた思いは、歌集をつらぬく主題であるヒロシマでした。広島の被爆者歌人深川宗俊から、作歌についての強い示唆と影響をうけていたことにもよります。戦争と平和の人類的課題に迫ることを、生涯の道標とした歌人の誕生でした。『朱花』の中の二首をあげます。

爆心地を流れゆく川夕凪ぎの朱の花かげに汗したたらす
うながすものわれに重ければ広島の夏歩き来し汗の髪洗う

㈢

一九七〇年代のはじめ頃。季節は秋の一日。

私は、宮前さんの家に一泊し、翌日、熊野に住む協会員の大野瑞代さんを訪れ、用意された車で、南紀の海岸の名勝である、鬼ヶ城を散策したことがあります。

一泊した宮前宅では、私と鎮男氏は雑談に花を咲かせました。鎮男氏が、戦後上京して学童社という出版社に勤めたことは、前に書きましたが、鎮男氏は『漫画少年』の編集者でした。手塚治虫のデビュー代表作である「ジャングル大帝」は、鎮男氏の『漫画少年』に連載されたものであることや、その機縁で以来、宮前夫妻は、手塚治虫と家族同士のつきあいになったことなどを知ったことは、その夜の雑談の賜物でした。

大野瑞代さんは病弱でしたが、夫君はジャーナリストで、『伊勢新聞』熊野支局の責任者でした。大野曽根次郎の名で詩を発表、地域史の研究家でもありました。一九六〇年一月に、渡辺順三が「大逆事件」関係の調査で、新宮を訪れた時、当時新宮支局長であった大野さんがいろいろ協力し、瑞代さんの新日本歌人協会への入会はその直後だったようです。

鬼ヶ城の小半日は、私の心をゆさぶり、次のような歌を含む「南紀の海」五首をつくりました。のちに第十回多喜二・百合子賞を受賞した私の第四歌集『花どき』は、この南紀の海の輝きからはじまっています。

潮の香に身をおし包み友とゆく紀州熊野の海光る道
鬼ヶ城の海蝕岩の凸凹に秋陽はつくる幾万のかげ
縄神旗《なわじんき》巨岩に高くゆれながら伝承杳《とう》し海風のなか

宮前初子さんは、第一歌集『朱花』のあと、『海鳴り』（一九七六年）、『二月の梢』

南紀鬼ヶ城の海岸にて(左より宮前初子、著者、大野瑞代)
(1972年10月8日)

(一九八三年)、『夜の春雷』(一九八八年)、『華』(一九九三年)と問題意識のはっきりした歌集をつぎつぎ発表し、着実に歌人としての足どりを固めていきました。

『朱花』以来、ヒロシマ、ナガサキ、沖縄はいうまでもなく、シベリア、ベトナム、カンボジア、アウシュビッツ、韓国、中国への旅が、多忙な開業医の合間をぬって続けられました。戦争と平和へのこだわりは、一つの旅を終えるごとに、いっそう強くなっていきました。その思いは、平和や民主主義を守る地域での活動、母親運動への献身に結びついていったのです。一九八四年新日本歌人協会賞、八八年『夜の春雷』で渡辺順三賞。『赤旗』選者も歴任しました。

宮前さんは、一九九四年にガン発病、入退院をくり返し、一九九五年六月二十七日、悪性リンパ腫と急性B型肝炎で、七十七年の生涯を閉じました。本人の遺志で葬儀は行われず、遺体は三重大学医学部に献体されました。

鎮男氏の亡妻への思いは深く、遺歌集『虹』が編まれたことについては、すでに述べましたが、その前後に、宮前さんが生業とした歯科医院の庭に、追慕の歌碑も建てられました。鎮男氏は妻を失ってからのち長く、居室に妻の和服を掛け続けていたことを、風の便りで知りました。それは鎮男氏にふさわしい別れの儀式だったと思います。

党を知らず無惨をしらずありしこと明け兆しつつ凍みる多喜二忌（『朱花』）

紫蘇の香に両手染めつつ主婦となる歯科医師われといずれの重き（『朱花』）
烈風に抗してわれの旗立てしかの日より胸に抱く一つ火（『母親旗』）
骨抱きて噴くくれないかいずこにもブーゲンビリアの花が重たし（『沖縄』）
無念死の声なき声を聞きとめて遠くシベリアの北を行く旅（『華』）

二十世紀最後の年の二〇〇〇年の十月、私は「歌人三重」の数名の人たちと、宮前さん夫妻の墓参に行ったことがあります。鎮男氏もその年の六月頃には他界されていました。

宮前さんの墓は、紀西本線に乗って、多気から五つ目の三瀬谷駅で下車、少し山際に入った所にある昌徳寺という禅寺の墓地にありました。「初光妙照大姉」と「禅光静照居士」と二人の戒名がまだ新しい墓誌に刻まれていました。

遺歌集『虹』の終わりに、「九五年夏」と題した絶詠がありました。

水いろの夜明けしんしんとゝき流れわが終焉のかく静かなれ

「地に爪あとを残したい」と熱望した歌人宮前初子が、戦争と平和の問題を凝視しつつ、しなやかで勁《つよ》い抒情によって歌いつづけてきた最後に、夜明けと自らの死を一つの流れとしてとらえる、静かな境地を、この作品は歌いとどめていたのでした。

私は、墓前に掌を合わせながら、宮前さんの短歌にかけた鮮烈なたたかいの生涯を振り返りました。私の第一歌集『夜明けまえ』以来の、長い交友を思いました。そして、亡くなった同じ月の雑誌『新日本歌人』六月号に発表された「病床日記」の中の次の一首を思い浮かべました。

病みつぎて何にも力になれなくてゴメンネきびしい選挙というに

この歌にこもる、たたかう仲間へのやさしい思いが、自然体の口調で歌われています。私は涙をおさえて、二人がひっそりとより合い眠る墓前から立ち上がりました。

8　三〇メートルの煙突上のたたかい

山岸一章

(一)

労働者出身の作家山岸一章は、私より五歳年長の一九二三年生まれです。すぐれた小説作品を数多く書いています。『逆流わが面を洗え』とか、『不屈の青春』『革命と青春』『墓碑銘』、そして『聳ゆるマスト』などの労作がすぐ思い浮かびます。難病をかかえながらも、労働者らしく、死ぬまで毅然として筆をとり続けました。

次に掲げるハガキの消印は薄くなって月日はわかりませんが、一九七二年の四月か五月はじめ頃のものと思います。書き出しに「拝復」とあるから、私が何か書いて出した、その返信ということになります。私が何を書いたか、今はまったく記憶がありません。戦後のいつ頃から山岸さんと知り合ったのかも、はっきりとしません。このハガキは、私の手許に残っている山岸一章の書簡の一番古いものです。

山岸一章より我孫子市の碓田のぼるへ（日野市新町一ノ十三ノ九）

拝復。国鉄大井工場で働いて居られたとは知りませんでした。私は、昭和二十二年五月に大井工場に入り、十一月に入党、党員として、知られるようになったのは二十三年からですから（君は）知らなかったのでしょう。職場は用品庫でした。戦前は長野市篠ノ井の工場に疎開してから出征したので、長野でも（君と）一緒だったのです。戦後は、篠ノ井に復員したのです。碓田（臼田）は、長野県に多い姓なので、信州人と思っていたのですが、案外に近くにいたのに驚きました。

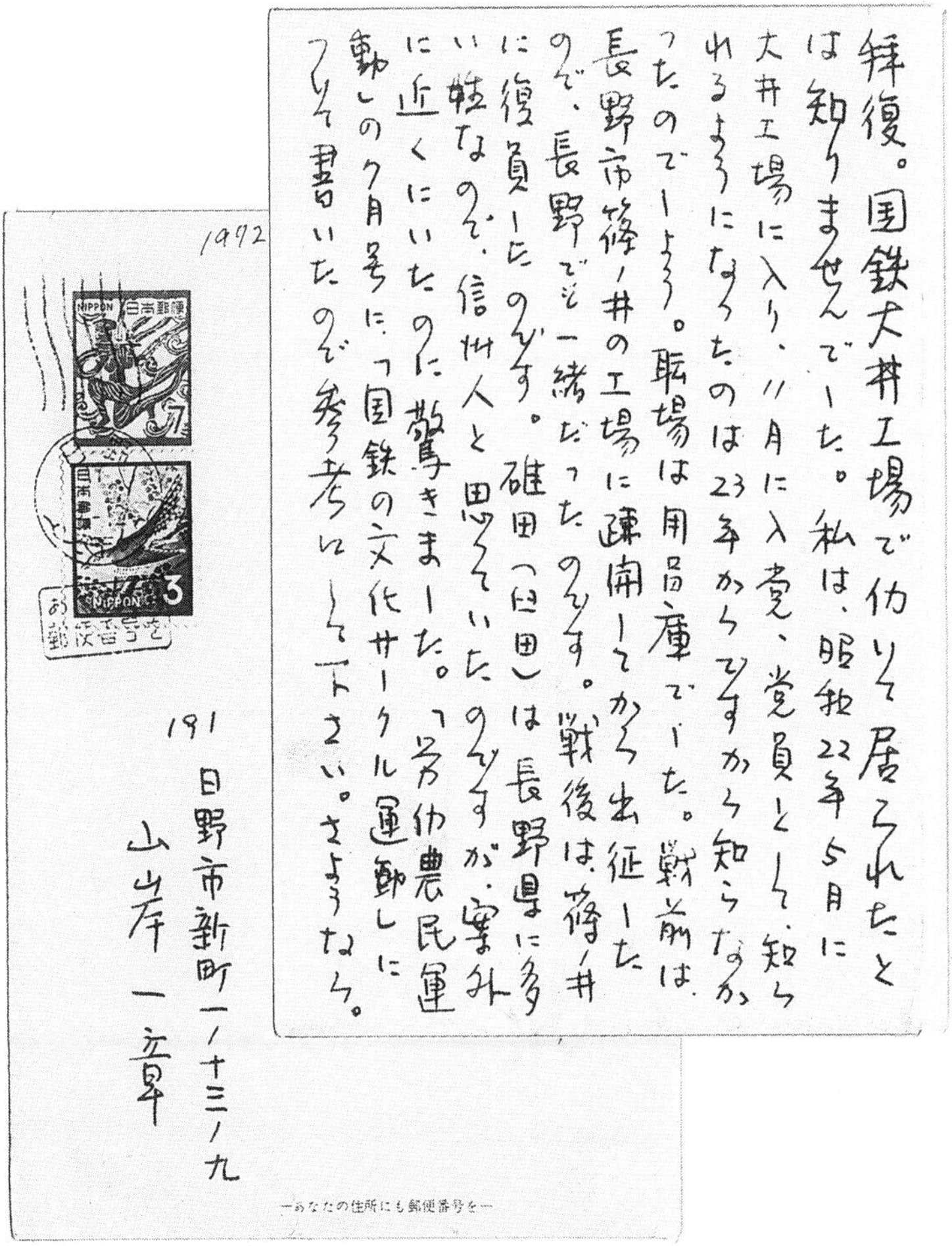
拝復。国鉄大井工場で仂いて居られたと
は知りませんでした。私は、昭和22年5月に
大井工場に入り、11月に入党、党員として、知ら
れるようになったのは23年からですから知らなか
ったのでしょう。職場は用品庫でした。戦前は、
長野市篠ノ井の工場に疎開してから出征した
ので、長野でも一緒だったのです。戦後は篠ノ井
に復員したのです。碓田（臼田）は長野県に多
い姓なので、信州人と思っていたのですが、案外
に近くにいたのに驚きました。「労仂農民運
動」の9月号に「国鉄の文化サークル運動」に
ついて書いたので参考にして下さい。さようなら。

山岸一章よりのハガキ

「労働農民運動」の七月号に、「国鉄の文化サークル運動」について書いたので参考にしてください。さようなら。

文面から推測すると、私は前便で、戦前、戦後の時期に国鉄にいたことを知らせたものと思います。山岸さんのハガキの内容を理解するため、若干説明を加えます。

私は、太平洋戦争開始（一九四一年十二月八日）の翌春、高等小学校を卒業して（十五歳）、国鉄の長野工場に少年工として就職しました。国鉄の工場というのは、機関車や客貨車などを、製造したり、修理をする工場です。戦争が終わった時、私は十七歳でした。一九四七年の二・一ゼネストが、占領軍総司令官マッカーサーの命令で中止させられたあと、三月下旬に、国鉄大井工場に転勤するため上京しました。その頃、食糧事情等のため、公務員以外、一般には東京都への転入はできませんでした。私は公務員に準ずる扱いということで、転勤させてもらいました。大井工場では客貨車関係の職場で働きました。

ハガキによれば、山岸さんが、大井工場に入ったのは、一九四七年五月といいますから、私のほうが二ヵ月ほど早かったわけです。私が当時、日本共産党に入党していれば、当然山岸さんと同じ細胞（現在の支部）で一緒になったと思います。しかし、私はその頃、夜学で勉強することと、生きることで精いっぱいでした。

山岸さんがハガキの中で、「党員として知られるようになったのは」と、さりげなく控え目にいっているのは、事実とまったく違います。山岸さんは、一九五〇年十一月に、越年闘争で、当局側が、三六〇〇人の組合員の要求に全《まっと》うに答えないのを怒り、また、それに対し、要求を本気で実現しようと闘わない、右派的な工場の組合の方針への抗議も含め、大井工場の大正期に作られた高さ三二メートルの煙突の上に登って、「要求が通るまでは絶対おりない」と頑張ったのでした。もちろんこれは、党組織で討議し、決定したものです。

山岸さんは長い綱をもってエントツに上りました。綱は、山岸さんと地上をつなぐ連絡手段であり、食料・水などの補給路でした。この綱で、「民族の独立、越冬資金二ヵ月分をよこせ」と書いたノボリを引き上げ、大煙突の上から垂らし、また、煙突の頂上には、真紅の日本共産党大井工場細胞旗（支部旗）をひるがえしたのです。「エントツ男」の突如とした出現は、社会的な大事件でした。当時の三二メートルの高さの感覚は、現在のそれとは、まったく異なるものでした。当時は、戦後五年たっても、まだ焼野原のような感じで、高層建築などもちろんありません。三二メートルの煙突は、広い地域からも遠望されたのです。ある日、突然、煙突から煙が出なくなり、無機的な煙突の頂上に、人間存在の証のように、真紅の赤旗がひるがえったわけですから、煙突を見なれた人には、仰天するような驚きだったことは、想像に難くありません。

新聞、ラジオは、連日のように「エントツ男」のことを報じ、センセーションを巻き起こしました。

工場当局や、要求実現の熱意を失った組合幹部が、三二メートルの空中から山岸さんを「実力を持って下ろす」などといっていましたが、それはまったくナンセンスなことです。「エントツ男」を地上におろすには、地上の労働者の切実な要求にこたえるしかないことは、はっきりとしていました。

「朝日新聞」は十一月十一日朝刊で、「煙突男、雨中にがんばる」とまず第一報をし、翌十二日にはまた、「煙突男がんばる」として、次のように書いています。

「越年資金を要求して十日朝から品川区大井権現町三八七三、東京鉄道管理局大井工場の煙突に登っている男、同工場用品庫係山岸一章（二七）は、十日夕から降り出した雨にもムシロをかぶってがんばり、十一日には夕方四時ごろ食料をつりあげて、要求が通るまでは下りないといっている。

工場、組合側では、再三降りるように勧告したが応じないので十二日も降りないときは、十三日には実力をもってしても下ろすといっている。」

「エントツ男」の事件が起こったのは、朝鮮戦争の最中でした。アメリカ占領軍は、戦争に反対する中心的な勢力である、労働組合の中の共産党員や革新的な労働者を一掃しようとして、超法規的や占領軍命令を背景に、悪名高いレッド・パージを全国的に強行しはじめていたのでした。

大井工場当局にも、レッド・パージの名簿が準備され、当局は、その発表の時期をうかがっていました。山岸さんは、そのリストの中に、自分の名があることを予測していました。レッド・パージのあとにくる職場の組合活動は、冬の時代に入らざるを得ないと考えていたと思います。そうした点も含め、今後の運動の足場を固める方向での、地上との意思統一ができ、山岸さんは台風の余波の強風が吹き荒れるエントツの上から下りることになりました。山岸さんの滞空時間は，じつに七日間で、百五十一時間に及びました。二千人の労働者の見守る中で、「エントツ男」の山岸さんは、下界に降りてきたのでした。

山岸さんの「エントツ」闘争は、大井工場の労働者はいうに及ばず、戦闘的な国鉄労働者全体に、そして占領下で、生活を守り、戦争に反対する全国の労働者・労働組合に、限りない励ましを与えるものとなりました。

ですから、山岸さんが、「知られるようになった」どころの話ではなかったのです。山岸さんは、「エントツ」から降りた後、レッド・パージで大井工場を追われました。

山岸さんは、「エントツ」上にいた七日間の間に、詩を一つ書きました。戦後、たたかう労働者に愛唱されてやまなかった、「民族独立行動隊の歌」です。

民族の自由を守れ
決起せよ　祖国の労働者
栄えある革命の伝統を守れ
血潮には正義の血潮もて
叩き出せ　民族の敵
国を売る犬どもを

（繰り返し）
進め、進め、団結かたく
民族独立行動隊
前へ、前へ、進め

民族の独立かちとれ
ふるさと南部工業地帯
再び焼け土の原と化すな
力には団結の力もて
（繰り返し）

(二)

山岸一章さんが、五十八歳の時に出版した、『聳ゆるマスト』(一九八一年七月二十日、新日本出版社)は、心魂を傾けた作品です。これは小説ではなく、記録作品です。驚くべき克明な調査と情熱によって明らかにされた、天皇の軍隊である帝国海軍内での、組織された反戦水兵たちの闘争の記録です。

「聳ゆるマスト」とは、日本共産党に指導された反戦水兵の組織が発行した機関紙の名前です。しかし、百部から百五十部位発行されたといわれる、この「聳ゆるマスト」の現物は、山岸さんも遂に一枚も見つけ出すことができなかった、幻の新聞です。

戦前の帝国海軍の拠点は、佐世保、横須賀、呉の軍港でした。その呉軍港を中心として、二十歳を出たばかりの反戦水兵たちの、青春と命をかけた、たたかいの旗じるしが、「日本共産党呉軍港委員会」の名で発行された「聳ゆるマスト」でした。

反戦水兵たちの活動と、この軍港新聞が発行された時期は、一九三〇年代の初頭、とりわけ一九三二年の春から秋にかけてでした。この時期が、どんな情勢であったかは、宮本百合子の作品「一九三二年の春」や「刻々」などにも深く描かれています。前年九月十八日には、「満州事変」が起こっています。この「満州事変」を出発点として、日本帝国主義は、十五年戦争に突入していったのです。

一九二二年七月十五日に創立の日本共産党は、まだ十年目を迎えたばかりでした。しかし、共産党は、若く鋭い鷲のように、この戦争と反動の嵐に、勇敢に立ち向かっていました。天皇制政府は、この共産党に、言語に絶する弾圧をしかけてきました。これが「聳ゆるマスト」の時代背景でした。

「聳ゆるマスト」は、一九三二年一月中旬に創刊されました。ザラ紙二つ折り四ページ。ガリ版刷りで、創刊号は三十部発行されたといいます。この機関紙が、反戦水兵の乗艦する、いくつもの軍艦内に持ち込まれ、読者を拡げていったのです。

山岸さんは、天皇制軍隊の中での、反戦の重要な意義について、それは兵士の基本的人権と人間の尊厳性を主張するたたかいであり、このことなくしては、天皇制ファシズムの侵略戦争に反対して、たたかうことはできなかったことを、この本の中で鋭く指摘していました。

山岸一章著『聳ゆるマスト』(1981年7月)

「聳ゆるマスト」の編集・発行に大きな役割を演じたのは、坂口喜一郎、平原甚松、木村荘重《むらしげ》の三人でした。坂口喜一郎は、のちに広島刑務所で虐殺されました。平原甚松と木村荘重は、戦後まで生きました。

日本共産党歌人後援会編集の合同歌集『歌の風―いまこ

そ、日本共産党』（二〇一四年十月三十日・光陽出版社）の中に、木村荘重の次の三首が載っています。

延び上がった鉄格子に二月の空気を吸えばからだのどこかで春がうごめく
この房にも誰か同志のいたらしく党万才を太く書きあり
糟糠《そうこう》の妻とほむべし日やけしたそのすこやかさを失わず待て

これは戦前のものではありません。戦後まで生きた木村荘重は、一九四六年に、津和野村長となりましたが、一九五〇年五月（山岸さんが「エントツ男」になった年）、朝鮮戦争反対のビラ配布で、アメリカの占領政策違反で逮捕され、重労働四年となって、山口刑務所に投獄されました。その時の歌が前掲の歌です。

のちのことですが、一九八〇年代の半ばごろ、私は偶然にも一九三七年の『短歌評論』一月号、五月号、十一月号に、木村荘重の短歌とエッセイを発見しました。

8　三二メートルの煙突上のたたかい　山岸一章

今に見ろと憎しみの情押さえつゝ凍傷の手をジッと見て居る。（一月号）
チンドン屋の三味線の音を塀の外から運んで呉れる五月の風は親切者だ（前同）

四年前
かぜ一つひかなかった
獄の生活
気がゆるんだと
あの頃を憶ふ。（五月号）

せめて病気のときだけでも
安気に養生してみたい、
天井に向かって

髪をなぶって居る。（前同）

木村荘重は、一九三二年十一月、検挙され、広島地裁で懲役四年となりました。「四年前」の歌は、その時の回想です。『短歌評論』への参加は、出獄後のことと思われます。木村荘重は、一九八四年に湯河原の老人ホームで亡くなりました。

私が『短歌評論』で、木村荘重の短歌作品を見つけた時、その報告を、資料と共に山岸さんに送りましたが、その返信の中で、山岸さんは、「反戦水兵の中には、歌をつくる人が多かった」ことを回想として書いてきました。

私はいま、そのことをしきり思います。反戦平和のたたかいに命をかけた「聳ゆるマスト」の青年水兵たち。その中心の一人だった木村荘重が、『短歌評論』にもかかわっていたことは、大きな感動でした。戦前・戦後を通じて、民主的、革新的な道を追求してきた、新日本歌人協会の歴史と伝統の中に、「聳ゆるマスト」の反戦水兵の若々しい血も流れ込んでいたのだ——と、しきりに思いました。

9　赤い手鏡　引野收

引野收――一九五八年、京都で、妻の浜田陽子とともに『短歌世代』を創刊した、病床歌人です。歌集『白濤館遺文《はくとうかんいぶん》』は、一九八四年に渡辺順三賞を授賞しました。その四年後に七十歳で亡くなりました。

私の印象に残る引野さんのハガキは、私の第一歌集『夜明けまえ』（一九六四年）への礼状でした。原文は鉛筆の横書きです。表書きは、浜田陽子さんの達筆な代筆でした。

碓田のぼる様　　桃山・阿吽《あうん》山房。　引野收

歌集〈夜明けまえ〉どうも有難うございました。歌壇の反動化へ入る時だけに本当に胸熱く読ませて頂きました。生活圏狭い病者に大きな励ましをいただけると心から歓んでおります。どうぞ〈新日本歌人〉の最中核作家として愈々ご活躍下さい。小生実は昨年末より、一時危険な病状に追い込まれる等《など》して、心ならずも八方ご無沙汰しています。どうかご海容下さい。今日は唯々余りにも遅れず、きましたお礼までです。ではご自愛専一に希います。

引野さんのこのハガキは、スラスラ読むことなぞまったくできず、暗号を読むような気持だったことを覚えています。暗号といえば、本書の「4」で紹介した窪田空穂さんのハガキもそうでしたが、引野さんのハガキは、文章が長いだけに、「解読」はしんどいことでした。空穂さんのハガキは、考えていることに手が追いつかず、フ

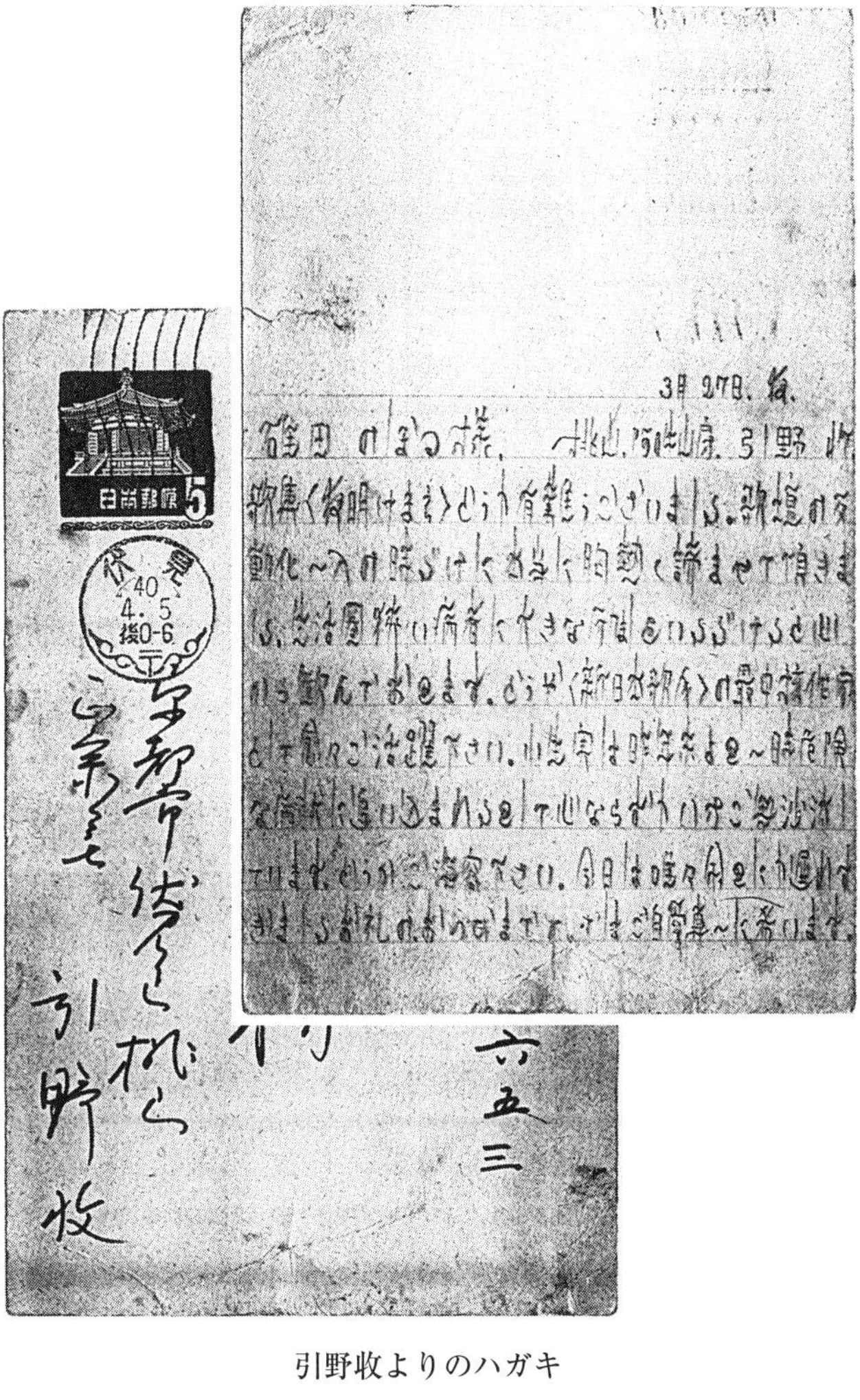

引野収よりのハガキ

ル・スピードで書いたような字で、省略のしほうだいといった感じです。

同じ暗号のようなハガキでも、引野さんのほうは、一字一画も丁寧な上に、ひどく装飾的なのです。最大の特徴は、ヨコ線が︵のように波をうち、タテ線は、他の文字の寸法の倍位も上に突き出ていることです。たとえば、「……ます」はタテの二本棒が電柱のように並び、その下に普通の「ます」がくっついているといった風です。「ました」の場合の「ま」は電柱の下のほうにヨコ棒二本と、中心をはずれて電柱の左下に「○」がうずくまる恰好です。「し」は、上から下まで長い直線で（下のほうは書く力を抜いている）、「ま」と右隣りの「た」との間の仕切りのようです。

引野さんの、この装飾的文字をみながら、いつの頃から、こんな奇妙な文字を書くようになったのか、私は知りませんが、もしかすると、何十年も結核で病床生活を続けた引野さんが、一人慰める思いで考え出して、書きながら楽しんでいたのではないか、などと想像したりしました。

9　赤い手鏡　引野收

一九八四年の春ごろと思いますが、私は、渡辺順三賞の賞状と副賞をもって、京都桃山の引野さんを訪ねました。「暗号」のようなハガキをもらった時から二十年が経っていました。引野さんは、小さな庭に面した部屋の窓のすぐ下においたベッドで、私を迎えてくれました。引野さんは、私よりちょうど十歳年上です。三十歳の時から寝たきりでした。酸素吸入器をはずしての話で、長話はできませんでした。引野さんは、右手に、間違いなく浜田陽子さんのものと思われる赤い手鏡をもって、庭を映し出しながら、「外の景色は、ここに映るだけのものです」と言ったのが忘れられません。引野さんは、孤独で、貧しい暮らしでした。正岡子規も病臥の世界は、「病床六尺」に限られましたが、しかし門弟も多く、かわるがわる見舞いに来て、好きな食べ物を要求し、満たされていました。子規のその生活は、幸せだったなぞというつもりはありません。ただ、大きな生活条件の違いがありました。

手鏡に曼珠沙華の朱炎《も》え絡《から》みからみやまざるこの小半日

枇杷の花冬の薄日に咲き鎮《しず》み痛苦のわれや生きながら死者
看とり疲れの妻の寝姿手鏡に見るときみずから罪みるごとし
弾よけにもならぬ病者と蔑《なみ》されしかつてと今といかほどの差ぞ
後衛のついのひとりと果つるともきらきらとわが心は熱き

『白檮館遺文』の中から抜き出してみました。前述のハガキの書き出しに、自分の居所を名ずけて「阿吽山房」と言っています。『広辞苑』に、「阿吽」とは、万物の初めと終わりの象徴。「阿」は口を開いて発する音声で、字音のはじまり、「吽」は口を閉じた時の音声で、字音の終わりとありました。「阿吽の呼吸」とは共働者が合わせる微妙な調子や心持ということになります。

引野さんが、外界とをつなぐ唯一の武器の手鏡で、生きていたところの、桃山の家を、「阿吽山房」と名付けたほかに、「白檮館《はくとうかん》」という別名もあったのかどうか、私は知りません。「檮」は、辞書の中に「役に立たない木の名」という一義がありました。

それは引野さんのひそかな自称であったかもしれません。

『人民短歌』の創刊（一九四六年二月）に、引野さんも浜田さんも参加しました。創刊号に、引野さんの「ある日の午後」五首と、浜田さんの「時世」六首が並んでいます。各二首を抜きます。

饅頭購ひて金無き夫をうらぶれしもののごとくうとむ日もあり（浜田陽子）
喰うことに一途なりしか吾が若き夫の念ひぞ身に沁むるもの
わが想ひひもじき時も身に近く添ひて華やぐ妻のそぶりよ（引野　收）
雪曇る空のひもじさ妻さへにときに卑しき表情を見せ

「絶対安静の不如意も三十五年余となる。酸素ボンベの手離せない日々……絶息は敗北であり、今日を明日へと繋ぎとめえたときが勝利である。一日延命のぎりぎりの凱歌《かちどき》、そのささやかな勝利の讃歌が、私の作品にほかならない。」

これは、『白檮館遺文』の「あとがき」の中の言葉です。「いま、ここ」に生きる姿を、かくも壮絶に言挙げした歌人を知りません。

引野收さんが世を去ってから、すでに四半世紀以上がたちました。折りにふれ、「いま、ここ」に生きるわが歌はいかに、と思い淀む時、私は引野さんの言葉を思い出します。そして、引野さんの赤い手鏡に、私が映し出されるような気がしてきます。

10 「伝導行商者」とその妹

寺西キク子

(一)

これは歌に関係のある話ですが、時代は啄木の生きていた頃にもかかわります。明治初期社会主義者の一群の中に、一きわ個性をきわだたせていた、熱烈奔放な人物がいました。山口孤剣がその人です。

まずは、山口孤剣の妹で、一人戦後に生き残っていた、寺西キク子さんと、私とのつながりの話になります。何通か私の手元に残されたうちの、一枚のハガキを紹介します（句読点は引用者）。

延岡市若葉町一丁目　寺西キク子（一九八一年三月九日消印）

先日はわざわざおたづね下さいまして、有りがとうございました。なお、また結構な御本と、おかし頂きまして、有りがとうございました。御本は毎日、少しづヽよませてもらっております。おかしは皆さまと、おいしく頂戴いたしました。お礼状が大変おそくなりました。あしからず、お許し下さいませ。先はお礼まで。

時節柄、御身御大切に願上ます。

私は、山口孤剣研究の過程で、孤剣の生地、山口県下関で、いろいろ調べていた時、土地の古老から孤剣の妹の寺西キク子さんが生きている、ということを聞き、文通を

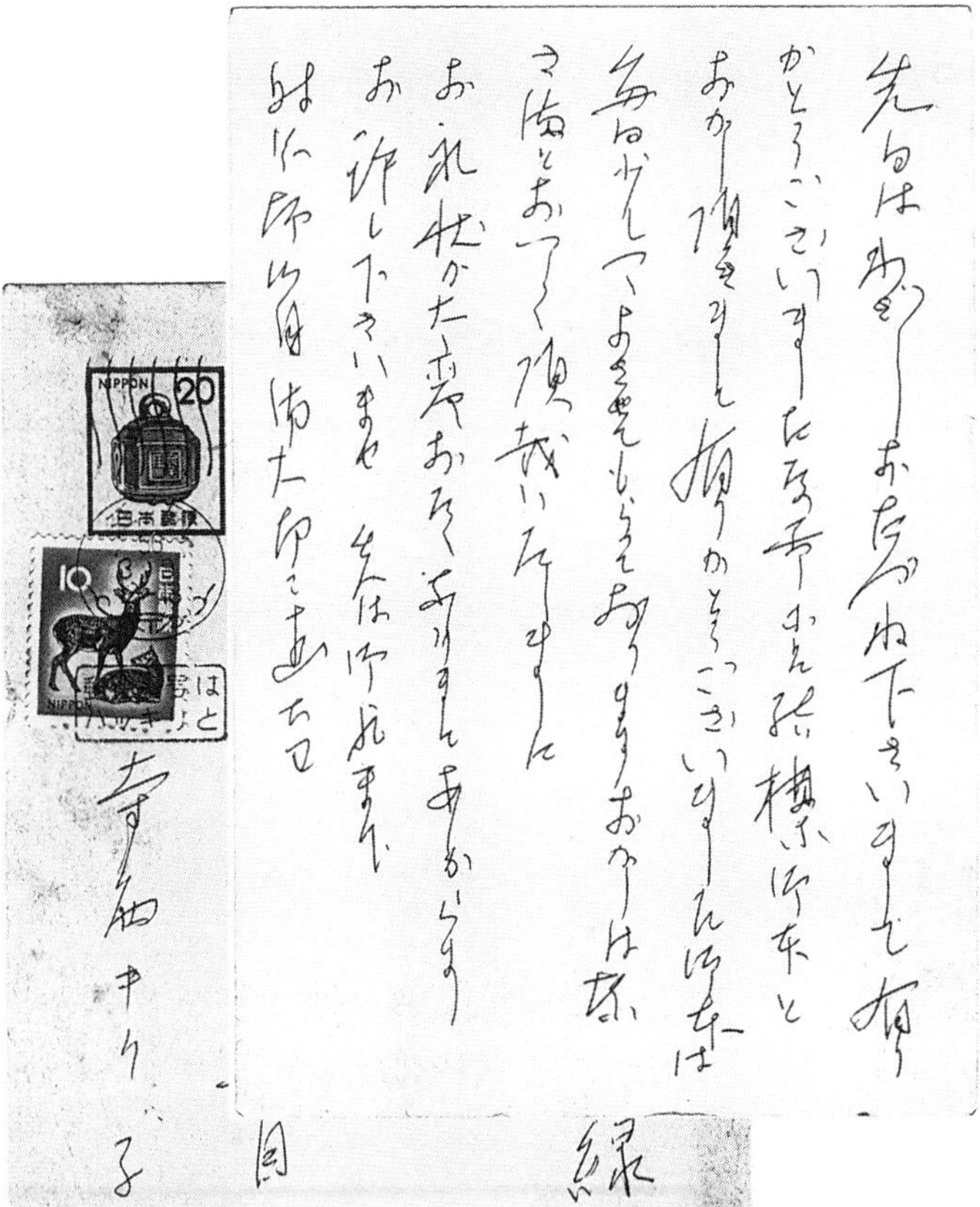

寺西キク子よりのハガキ

はじめました。掲出のハガキは、一九八一年の二月中旬に、宮崎県に出張した折り、友人の車で佐伯市まで送ってもらい、寺西キク子さんを訪ねた時の礼状です。
キク子さんは、小高い山の上の、市営の老人ホームで暮らしていました。

山口孤剣に私が関心をもったのは、啄木研究の途上でした。「大逆事件」をきっかけに、啄木が、急速に社会主義思想に接近していく過程がありました。啄木は、当時の社会主義運動の重要な機関紙などの資料を、旧知の西川光二郎などを通して借り、熱心にそれらに目を通しました。私も啄木を知るために、それらの資料を読むことになりました。その中に、孤剣の詩や短歌、評論などが、ひっきりなしに発表されていて、それらの内容が、私の関心をひきました。

①自由なき国を怒りて君が瞳は炎のごとき涙に燃えむ（『光』M39）
②夕雲に涙ながるる日は落つる、西三百里そこに母あり（同）

③落日の、沈むを見れば、大聖の、臨終のごとく、なみだぐましも（同）
④孫娘は廓《くるわ》に売られ棹とりて竹屋の渡爺《わたし》は老ひぬる（『日刊平民新聞』M40）

寺西キク子（山口孤剣実妹）と著者（1981年2月19日）

①は幸徳秋水に寄せたもの、②は「獄中消息」、③は喀血しての病中作、④は当時の世相を題材にしたものです。この数少ない引用からも、孤剣の歌が次第に現実性を強めていくのがわかります。

私の孤剣についての、はじめての評論は、一九五九年の『新日本歌人』四月号（創刊一五〇号記念―啄木特集号）に発表しました。

ピカソの「女」のデッサンを表紙にしたこの特集号は、私には忘れがたいものです。当時の通常号は三十頁位でしたが、特集号は三倍以上の九六頁で、編集後記は、編集責任者の私が書いています。特集号の巻頭評論は、ロシア（旧ソ連）の石川啄木研究者として知られていたウェー・マルコワ女史の「石川啄木」でした。それに並んで私の「山口孤剣論」がありました。

話はそれますが、ソ連解体の数年前、総評の代表で、ミンスクでの労働組合の国際会議に出席したことがあります。私はマルコワさんに逢いたいと思い、往路、モスクワで一泊した時、マルコワさん宛、帰路の日程と、モスクワでのホテル名を記した手紙を出しました。しかし、帰路のモスクワのホテルには、何の連絡もありませんでした。マルコワさんの亡くなったのは、ソ連崩壊後だったと思います。

こうしたことなどがあったりして、この記念号は、なお忘れがたいものとなっています。

特集号から十数年後、親しい編集者のいた『山口民報』に、長い間探していた孤剣の墓が見つかったことや、啄木と孤剣の共通性などを書いた評論を連載しました。そして、孤剣に関する二つの評論を含めた『「明星」における進歩の思想』（青磁社・一九八〇年七月）を出版しました。寺西キク子さんが、ハガキの中で、「結構な御本」といっているのは、この本のことです。

山口孤剣は、十七歳の時、松原岩五郎の書いた『最暗黒の東京』（民友社・明治二十六年）という本を読んで感動し、下関の生家を飛び出して上京し、「貧民くつ」の現場に行ったりしました。孤剣は社会主義思想に開眼し、その運動に急接近していきました。

二十一歳の時、小田頼造と一緒に、東京から箱車に社会主義の本や新聞などを積み込み、社会主義の宣伝、行商をしながら、百十四日間を費やして、下関の孤剣の生家まで辿りついたことがあります。当時、「伝道行商」といわれ、その熱烈さは多くの人を感動させました。

これは、寺西キク子さんの八つか九つの時の話です。憲兵がうるさくつきまとって、子ども心にも腹立たしかったことを今でも思い出す、と話してくれました。

山口孤剣と石川啄木とは、思わぬところに、いくつかの接点があります。

(二)

石川啄木は、病弱な体に鞭打って、「大逆事件」の真相を後の世に伝えようとして、「日本無政府主義者陰謀事件経過及び附帯現象」という難しい題名の評論を書き残しています。もちろん、どこからも報酬などは入ってきません。それは歴史に対する無私の献身でした。明治四十四年一月二十三日から翌二十四日にかけて書いたものです。それは、幸徳秋水以下十一人が死刑になった日であり、たった一人の女性被告管野須賀子の死刑執行(一月二十五日)の前日でした。啄木のこの評論の中に、当時の新聞記事から引用した次の一節があります。

「(管野すが子は)幸徳秋水と相許すに至ってから、愈々社会主義思想、無政府共産主義の猛烈な考えを抱くようになり、例の赤旗事件で具体的の運動を始めた。管野すが子の名が社会主義仲間に知れ渉《わた》ると共に、警視庁の注意人物簿に朱点をうたれ、新聞の雑報に屡々《しばしば》其名が記される様になったのは、実に此の赤旗事件以後である。」(傍線・引用者)

ここに出てくる「赤旗事件」とは、「大逆事件」への引き金となった事件です。「大逆事件」の二年前の、明治四十一年六月二十二日に、一年二ヵ月の刑期を終えて出獄して来た山口孤剣の歓迎会が神田の錦輝館で開かれた折、「無政府共産」「無政府」「革命」と書いた三つの旗をかついだ大杉栄、荒畑寒村などと、それを奪おうとした警官隊とのモミ合いで大騒ぎとなり、管野須賀子を含む女性四名と、大杉栄、堺利彦、山川均、荒畑寒村など十名を含む計十四名が、一網打尽に検挙されました。これが、「赤旗事件」といわれるものです。

この事件の判決は、二ヵ月後の八月二十九日にありましたが、刑期は、重禁固二年六ヵ月、重禁固二年、重禁固一年などと、それまでの社会主義運動への弾圧とは比較にならない、予想の十倍もの苛酷な刑期でした。女性四名は結果的には、無罪となりました。しかし、取調べは苛烈で、屈辱的なものでした。管野須賀子は復讐を固く決意しました。山口孤剣が登場する「赤旗事件」は、こうして二年後の「大逆事件」へとつながっていきました。

啄木はこの頃、本郷の赤心館に下宿していて、小説を懸命に書いていましたが、全く売れず、物心ともに行き詰まっていました。当時の啄木は浪漫主義にドップリつかっていた頃で、その鬱屈した思いを短歌に表現し、二、三日の間に、二〇〇首以上もつくりました。「赤旗事件」の三日後の六月二十五日に作った、一四一首の中に次の二首があります。

　女なる君乞ふ紅き叛旗をば手づから縫ひて我に與へよ
　君にして男なりせば大都会既にして二つは焼けてありけむ

これは、「赤旗事件」の管野須賀子らをイメージしていることは明らかです。

話は少し前に戻りますが、啄木が朝に夕に散歩したのは、赤心館と同番地（菊坂八十二番地）にあった本妙寺という寺の境内でしたが、山口孤剣は二十一歳の時、その地所内で下宿屋を営業していたことがあります。明治三十六年頃ですから、その頃啄木は文学で身を立てようと、盛岡中学を中退して上京したものの、病気となり、結局、故郷渋民に舞い戻って、病身を養っていた頃です。啄木と孤剣は出会うこともない時代ですが、妙に因縁を感じます。

しかし、私が二人のつながりを最も強く感ずるのは、二人の詩論・短歌論の発想の共通性です。
山口孤剣が日露戦争中に、『直言』（明治三十八年五月二十八日）に発表した「芸術の神聖を如何（芸術家亦紳士閥の奴隷なる乎）」という評論は、なかなか革新的なものです。「紳士閥」とは、今日でいうブルジョアジーのことです。孤剣は、「芸術」が「紳士閥」に独占されている状況を厳しく批判して、次のようにいっています。

「若し芸術が多数人民に理解し難きを以て貴とせんか。此の食物は善美なる食物なれども、僅少の人之を啖《くら》ふをえて多数の人は之を啖《くら》ひ能はずと言い得べし。」
「然り芸術亦食物のみ、紳士閥のみ之《こ》れを味ふをえて、労働階級之を味ふこと能わずば、其は真の芸術に非《あらざ》る也。」

孤剣のこの指摘と断言は、鋭く芸術の本質に迫っています。この評論の詳細な紹介は、割愛せざるを得ませんが、これと一体となっている主張が、『光』（同年十二月五日）に掲載された「凡人主義とは何ぞや」です。この論では、孤剣のよって立つ思想を示し、その党派的性格を明確にしています。

「凡人主義は米の飯主義也。聖人主義、道徳的英雄主義の如き熾烈なる火酒を以て快味を供する者に非ず、万人の滋養たるべく其の無意味淡白なるを却って誇りとせむ。」

孤剣は「米の飯」に象徴される一般大衆の生き方に、本質的な歴史の進歩――「万人の滋養」を洞察し、そこに限りない誇りを発見しているのです。

この思想は、その四年後に啄木が書いた評論、「食ふべき詩」（明治四十二年十一月三十日～十二月七日「東京毎日新聞」連載）を強く思い起こします。この著名な啄木の詩論は、詩を生活土台の上に引き据え、生活と詩の一元化を主張したものです。啄木はいいます。

「（食ふべき詩とは）両足を地面《ぢべた》に喰《く》っ付けてゐて歌ふ詩といふ事である。実人生と何等の間隔なき心持を以て歌ふ詩という事である。珍味乃至《ないし》は御馳走ではなく、我々の日常の香の物の如く、然《しか》く我々に『必要』な詩といふ事である。」

私には一つの仮説があります。それは、啄木が「食ふべき詩」の着想を得たのは、前述の孤剣の二つの評論からではなかったか、ということです。四つ違いとはいえ、「大逆事件」を一つの中心に据えてみれば、孤剣と啄木は、まさに同時代人であり、時間と空間を共有していたといえます。

啄木は、明治四十五年四月十三日に亡くなりましたが、孤剣は奇蹟的に、「大逆事件」の虚構の弾圧を逃れて生きのび、妻の故郷宇和島で、大正五年（一九一六年）の九月二日に亡くなりました。三十四歳でした。次の二首は、死の二週間前に、堺利彦に送った絶詠です。

南国の竜のあぎとの珠をしもとる力なく病める我れはも
山を抜くますらをあわれ粥くひて四つ這ひに這ふ足なえのごと

〈付記〉戦後、山口孤剣は、国民救援会の第二回会葬者名簿（一九四九年三月十八日）にあり、「無名戦士の墓」に合葬され、石川啄木は翌年、第三回合葬者名簿にあり、同じく「無名戦士の墓」に合葬された。

山口孤剣の墓（堺利彦筆・下関市西神田墓地、1973年著者撮影）

11　獄窓で「じっと聞く」　大塚金之助

東京市外、吉祥寺一九〇〇　大塚金之助より渡辺順三へ（一九四三年七月三日消印）

お手紙拝見いたしました。種々のご事情お察ししております。

私は四、五年前から同級親友の世話で、三井物産会社の調査部の下働きをつとめ、同時に文筆会や学会から一切身を引き、ひたすら職域奉公につとめ、本年などは正月も日曜もぬいて作業につとめております。

私も、もうとっくに五十を越し、同時に年々体力と気力との老衰を感じ、万事がおっくうになり、親戚の子供や青年の相手となるのも面倒となり、ただ昔の同級生とベルリンやパリの昔の思ひ出を語るのを唯一のたのしみとして生きるやうになりました。

十年前の過失を思い出します。学問の途の奥ふかさもしらずよい気持ちにうぬぼれてゐたのには、われながら腹が立ちます。早く死んで生まれなほして全部やりなおすつもりです。このはがきはすぐおすて下さい。

七・三

大塚金之助

戦後の大塚金之助

渡辺順三宛のものですが、「このはがきはすぐおすて下さい」と大塚金之助に言われながら、順三は捨てるにしのびず、残したものと思われます。

大塚金之助は著名な経済学者、社会科学者です。戦前、野呂栄太郎の指導のもとに刊行された『日本資本主義発達史講座』（一九三二年〜三三年・岩波書店）の共同編集者・執筆者となりました。一九三三年一月、治安維持法違反で逮捕・投獄され、大学の職を失いました。以来十三年間、特高の監視下におかれました。

大塚さんの短歌への関心は、留学中に芽生えました。「朝日歌壇」に投稿し、選者の島木赤彦が注目し、やがて「アララギ」に入会しました。そのはじめての作品は、遠見一郎の筆名で「北欧の早春」と題した、次の二首でした。

白樺は春べの風にゆられつつ枝よりも小さき芽をたれており
白樺の枝の堅芽のふくらみに手を触れてみればつめたかりけり

大塚さんが、プロレタリア短歌運動に重要な影響を与えた評論「無産者短歌」を『まるめら』に発表したのは、一九二七年でした。「アララギ」を去った直後の時期です。順三が、この「無産者短歌」に強い影響を受けたことは、いろいろなところに書いています。『短歌評論』時代、大塚さんは石井光の筆名で獄中歌一〇〇首余りを発表していました。

大塚さんがハガキの中で、「種々の御事情をお察ししております」といっているのは、この年の二月に、順三が保釈で出所しており、夏頃から公判が開始されていましたので、そうしたことを指すものと思われます。また、「十年前の過失」といっているのは、一九三三年の検挙、投獄にからむ何かだったろうとは推測できますが、よくわかりません。ハガキは全体に、気力を萎えさせているような大塚さんの姿が浮かんできて、胸が重くなります。

大塚さんが、順三宛のハガキを書いた一九四三年は、敗色濃くなった太平洋戦争に

大塚金之助歌集『人民』

からむ、忘れることのできない、数々のことがありました。手許にある岩波ブックレットの『年表　昭和・平成史』から、いくつか拾ってみます。

2月1日　ガダルカナル島撤退
4月18日　連合艦隊司令長官山本五十六死
5月26日　横浜事件（言論弾圧事件）
10月21日　学徒出陣壮行大会
11月27日　カイロ宣言（ルーズヴェルト・チャーチル・将介石がカイロで会談。日本に無条件降伏要求）

大塚さんは、このような全体的状況の中におかれていました。

11　獄窓で「じっと聞く」　大塚金之助

大塚さんの獄中歌の心を打った歌の数かずは、戦後刊行された歌集『人民』（一九七九年五月・新評論）の中に収められています。大塚さんの歌集『人民』は、一九八〇年の渡辺順三賞を受賞しました。『人民』の編集内容は、「第一部　アララギ時代」「第二部　獄窓」「第三部　第二次世界戦争」の三部から成っています。第一部は文語定型、第二部は、口語脈での行分け三行書き、第三部はやはり口語行分けの五行書き、という、特色のある表記になっており、大塚さんの、短歌に対する考え方を、うかがうことができます。ここでは、第二部「獄窓」から数首をあげてみます。

麻縄の
痛みを膝に感じつつ
東海道線を送られにけり。

特高室に
おちついている老い母の
貧乏仕込みの負けぬ気強さ。

じっときく
運動場のかけ足の
足取りのたしかさはマルクス主義者だ。

牢獄の
メーデーの日なり、突如として
「日本共産党万才！」の声す。

啄木のもてる真実を

11　獄窓で「じっと聞く」　大塚金之助

知るまでには、
牢にも入らねばならざりしなり。

12　犀川の悲しみ　草鹿外吉

草鹿外吉さんは、ロシア文学者で詩人・作家です。草鹿さんは短歌をつくりませんでしたが、次に紹介するハガキの内容にからみ、一人の歌人が誕生したことを書きたいと思います。草鹿さんのハガキの消印は〈一九八五年二月二十一日〉です。これは絵ハガキで、数年前にあったフランスのフォーヴィズム画家のデュフィ展で求めたもののようでした。

お元気で御活躍のことと、拝察します。さて、過日は、御歌集「状況のうた」御恵送たまわり、まことに有難く、厚く御礼申し上げます。

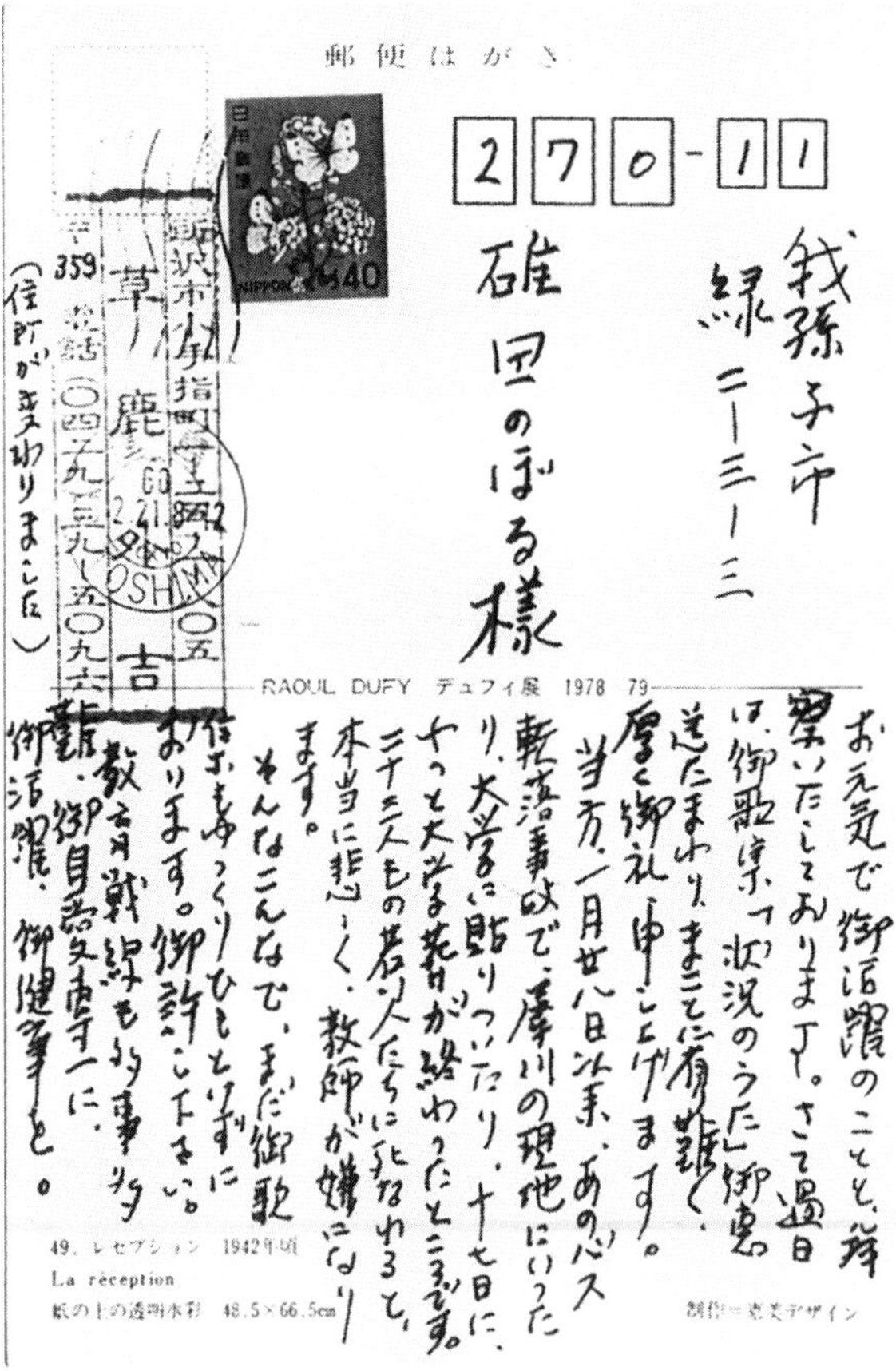
郵便はがき
〒270-11
我孫子市緑二ー三ー三
碓田のぼる様
〒359
所沢市小手指町
草鹿外吉
電話（〇四二九）
（住所が変わりました）
RAOUL DUFY デュフィ展 1978 79
お元気で御活躍のことと、拝察いたしております。さて過日は、御歌集「状況のうた」御恵送たまわりまことに有難く、厚く御礼申し上げます。
当方、一月廿八日以来、あのバス転落事故で、犀川の現地にいったり、大学に貼りついたり、十七日に、やっと大学葬が終わったところです。二十二人もの若い人たちに死なれると、本当に悲しく、教師が嫌になります。
そんなこんなで、まだ御歌集もゆっくりひもとけずにおります。御許し下さい。
教育戦線も多事多難、御自愛専一に、御活躍、御健筆を。
49. レセプション 1942年頃
La réception
紙の上の透明水彩 48.5×66.5cm

草鹿外吉よりの絵ハガキ

当方一月二十八日以来、あのバス転落事故で、犀川の現地に行ったり、大学に貼りついたり、十七日に、やっと大学葬が終わったところです。二十三人もの若い人たちに死なれると、本当に悲しく、教師が嫌になります。

そんなことで、まだ御歌集もゆっくりひもとけずにおります。お許し下さい。

教育戦線も多事多難、御自愛専一に、御活躍、御健筆を。

草鹿さんの絵ハガキに書かれた「バス転落事故」とは、次のような事件でした。

——一九八五年一月二十八日、愛知県の日本福祉大学のスキー実習のバスが、長野県の犀川のダム湖に転落し、男女学生二十五人が死亡する大惨事が起こったのでした。

この日は、朝のテレビ・ニュースでただちに伝えられ、夕刊各紙がいっせいに報道し、社会的大事件となりました。私は大きな衝撃を受けました。事故の起こった場所が、私の故郷の信州であったことからも、いっそう衝撃的でした。その頃私は、日教組の私学部長で、全国私教連（大学から幼稚園までを含む私学の教職員組合）の委員長をしており、日本福祉大学には、教育学者で学長の大沢勝さん、そして草鹿さん、ドイツ文学者で評論家の佐藤静夫さんなどをはじめ、私の親しい友人や知人が数多くいたからです。大学のキャンパスが、名古屋市内にあった頃は、大学や学生自治会の主催する講演会・学習会などに、幾度も招かれていたし、大学が知多半島の方に移転してからも一度訪れています。

スキー実習のバスは全部で三台で、転落したバスは最後尾のものだったといいます。乗客四十六人のうち、二十五人が死亡し、二十一人が自力で湖底から脱出しました。うち八人が脱出時の怪我などで、救助されるとともに入院しました。大学職員として同行していた津田道明さんも、奇跡的に生還・救助されたその中の一人でした。津田さんは今、新日本歌人協会の有力な歌人ですが、この事件で入院中に、はじめて歌をつくりはじめたといいます。

「氷点下一、二度の水の中にバスごとおちて危うく脱出、救急車で来院した。来院時、呼吸困難。全身は冷たく、血圧は最高六〇がようやくであった。温水で全身をあたため、三人がかりで全身マッサージを行い、酸素吸入、昇圧、心肺機能回復をはかった。出血部位は縫合を行なった。」

これは、救助直後に入院した、現地の裾花病院の経過報告書の一部で、のちに転院した愛知医大付属病院におくられたものです。津田さんは、まさに九死に一生を得たのです。一瞬にして生死をわけてしまったこの深刻な体験が、突如として、まさに突如として、津田道明さんに短歌表現の道を開眼させたのでした。

津田さんのはじめての歌集『白き峡』は、大惨事の満一年後に出版されました。入院中から書きはじめた短歌二三九首が収められています。歌集巻頭に「犀川の悲しみをこえて」と題する二十六首がすえられています。津田さんが退院間近になった時、友人・知人に送った経過報告とお礼の手紙に付したものです。そこより二首。

組み合わせし指さきかすかに濡れていてふきやるもなんという冷たさ

夢と見し信濃の道に声もなく柩をおくる永久のわかれに

元気になった津田さんに会ったのは、事故からほぼ半年後の七月下旬、群馬県の水上温泉で開かれた、私学の全国研究集会でした。津田さんには、名古屋の大学キャンパスで何回か会った記憶があって、私は、生還してきたこの若い友人を、抱きしめたい思いでした。

『白き峡』は、いうまでもなく鎮魂の歌集です。生死のはざまにともにあって、辛うじて生き残ったものが、死者への痛恨の思いを歌ったものです。深刻な体験をした津田さんの歔欷《きょき》が、時に高く、時には低く基調音として流れています。

すくわれて道路に手をつき伏したれど雪に染みゆく黒き血の色
支うれどたちまち崩るる吾に寄りはげましくる声遠くなりゆく
熱もちてまどろむ午後の病室に逝きし学徒《とも》らの声ばかりする
この一生《ひとよ》に生きうる限り負うてゆく死というものを一日思えり
四天らはいづれも鋭《と》き眼をもちて佇つ戒壇院に吾のみの秋

津田道明に会うことに、私にはひるむ心があります。「犀川の悲しみ」が、いままでもオーバーラップしてくるからです。それでも、言いたいことがあります。それは、繊細で、ナイーヴな情感と、鋭い現実直視の思想をもつ人ゆえに、もっと、作歌においても、評論においても、「一生《ひとよ》に生きうる限り」、全力開放してほしい、ということです。津田道明の好きな坪野哲久も、きっとそう望むであろうし、白い峡の湖底からの声も、そう言うにちがいないと私は思うからです。

13　あらくさわけて　大井よし江

大井よし江（長野県小県郡長久保新町）より碓田登（東京都品川区荏原五ノ二八〇）宛。一九五二年八月二十七日消印

先日ハ失礼申上げました。わざ〳〵遠路お越し下さいましたのに、何の風情もなく誠に申しわけなく存じて居ります。汽車に御間に会になられたかしらと案じつつ、夕暮れの町を帰って参りました。あれから、つゆ草の碓田様の御歌を改めて拝見いたしました。どれも結構に。お若い方は、何にも張り切って居られて、たのもしく力強く感じられました。どうぞ御自愛下さいましてよい御歌を見せて

下さい。

末筆ながら、結構な御供《そなえ》有難うございました。御礼まで。

古い、古いハガキが何枚か出てきました。このハガキの文面を理解してもらうには、いくつかのことを、あらかじめ述べておかねばなりません。

大井よし江さんは、歌人で国文学者の大井廣の未亡人です。立命館大学の教授を最後に、大井廣が亡くなったのは、戦中の昭和十八年（一九四三年）七月十日、五十一歳でした。このハガキの九年前です。

私はこのハガキの頃、私立高校の数学教師で、長野県の地方短歌雑誌『露草』で作歌に熱中していました。二十四歳でした。『露草』でのことは、拙著『かく歌い来て――『露草の時代』――』（二〇一一年七月。光陽出版社）に書いてきましたので、くわしいことは省略しますが、『露草』主宰の先師青柳競《あおやぎきそう》も大井廣も、太田水穂の『潮音』の同人でした。大井廣は、『潮音』創刊（大正四年七月）に加わり、選者でし

毎日暑れゞ申上候永らく失礼
致し下さりましたに何の見舞しなく過す
中本当に御しく居りおりある折も合
になれ丈がしらしらと暑くつゝる筈の
参るて見ねがつゝ等の堺自様の小物
を改めて拝見いたしまし良し絵様に
地蔵さ方は段も張り切って居れよてもしく
ゆかておりります程下ますよさくして自愛
は早第る呼疑樣も潜布拝まゞます気にく

長谷之菅原
五一ニニ

郵便はがき
礁田登樣
長野縣南佐久郡
長久保新町
大井よし江

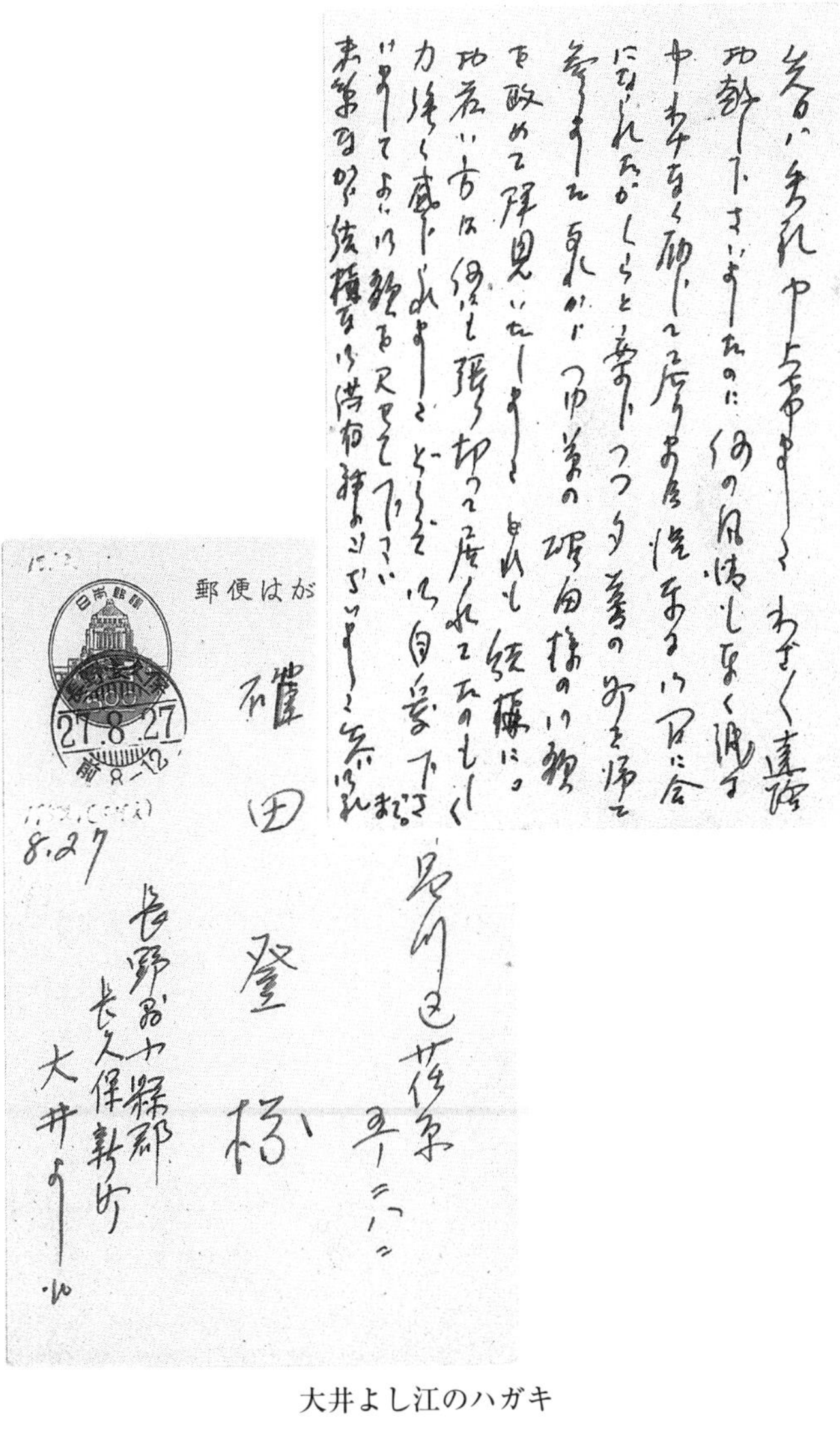

大井よし江のハガキ

た。

『露草』時代、私が最も影響をうけたのは、先師青柳競をのぞけば、次が大井廣でした。大井廣は、長野県下の中学校の教員などしていましたが、大正十五年（一九二六年）、国文学者の吉沢義則博士の学風を慕い、京都大学文学部選科に入り、国語を専攻しました。卆業後は、神戸の県立第一高女に勤め、須磨に住みました。

新日本歌人協会の伏屋和子さんから、大井廣に教わったことがある、と聞いたことがありましたが、もしかすると、この須磨時代だったかもしれません。

吉沢義則は、短歌雑誌『帚木《ははきぎ》』を創刊していましたが、大井廣はその創刊にもかかわり、選者となっています。

信濃の国に帰りて思ふ火は噴けど浅間山はつね怒ることをせず（大井廣）

私の若き日の愛唱歌です。大井廣は『万葉集』の写実をおさえながら、『古今集』『新古今集』の連綿とした独自のリズムを探求したのでした。前掲の歌は、そのこと

大井廣のエッセイ集『南窓歌話』と歌集『悲心抄』

をよく示しています。私は下の句の語法、とりわけ「つね」という言葉の使い方に驚いていました。大井廣の著書は多くありませんが、エッセイ集として『南窓歌話』（昭和七年五月、立命館出版部）があり、歌集では長女の死を嘆く『悲心抄』（昭和十年五月、玄海書房）がありました。そして遺歌集『白檀』が、一九五二年初頭に出版されました。

私は夏休みに帰郷し、一日、大井よし江さんの案内で、大井廣の墓参をしたのでした。その時つくった七首の歌が、歌稿ノートに残っていました。先師が雑誌でとってくれたのは次の一首だけでした。

墓原にその名も刻む石もなしあらくさわけて香たきにけり

大井廣ほどの歌人が、ただ「大井家之墓」に概括されていることは、若い私には不満でした。大井よし江さんを墓石の横において撮った写真があったはずでしたが、歳月はどこかへ押し流してしまいました。

『悲心抄』の中に、次のような歌があります。

骨を持ちて信濃の国にかへらねばならぬなりしと誰か思ひし
骨壺をつつみし布の白きさへほこりづくまで日のたちしなり
ちちははの骨を埋むべきふるさとの土にねむりゐよ父母をまちて

十二歳の愛児美代子を亡くした大井廣は、『悲心抄』一巻を残したのでした。「土にねむりゐよ父母をまちて」と歌ったその土に、父親も還ったのだと、私はカメラのファインダーをのぞきながら思いました。残された母であり、妻である大井よし江さんがその墓に寄り添っている――。若い私は、妙に感傷的になったことを、この原稿を書きながら思い出しています。

大井廣の遺歌集『白檀』は、私が墓参した年のはじめ頃出版されたことは、さきに述べました。『悲心抄』以来、その死までの八年間の作品を収めたものです。

寒明けてほとほと荒れぬ日とてなし春いたらむと土をふるはす
白露のなかより朝はひらくなる芙蓉は秋の花のなかの花
寒き夜はむかし憶良がせしごとく火鉢にあぶる灘の酒かす
あたたかく硝子くもりていく鉢が冬の牡丹の花ひらきをり

大井廣が到りついた表現＝リズムをわがものにしたい、と若い頃は、しきりに思いました。大井よし江さんと、大井廣の墓を訪れた時から四年後ぐらいに、私は次のような歌をつくっています。

火の山の麓に妻を立たしめて怒り噴《ふ》く日を静かに教う

これは、まぎれもなく大井廣の「信濃の国に帰りて思ふ火は噴けど浅間山はつね怒ることをせず」を意識したものでした。作歌への修練も、人生経験も乏しかった私の短歌が、作品世界の底の浅さを示していたことはいうまでもありません。

写実をゆるがない基礎としながら、象徴に極まろうとした、大井廣の歌境心境は、今も私には一つの道標となっています。

14　広島からの寄せ書き　渡辺順三・深川宗俊

(一)

渡辺順三・深川宗俊より（夜の広島の絵ハガキ――相生橋付近より原爆ドームを臨む。一九六〇年三月十五日消印）

十二日午後広島に着き、十三日啄木祭をやり、今日平和記念資料館などをみました。十二年前にきたときと、すっかり変わっているので驚きました。　順三十八日の安芸で上京、松川現地へむかい、二十二、三日在京します。ぜひおあいしたいのですが時間みつけて下さい。啄木祭盛会でした。　宗俊

渡辺さんや、深川さんからの、手紙やハガキはたくさんありますが、二人の寄せ書きなどは珍しいので、手許に残していたものです。

この絵ハガキの書かれた年、一九六〇年は、戦後最大の政治闘争となった、六〇年安保闘争の年でした。このハガキの一ヵ月前の『新日本歌人』二月号に、渡辺さんは「新年に思ったこと」という随想を書いていますが、これは、激動する情勢の中で、歌人の政治的関心を強く呼び起こそうとしたものです。

「今後改訂された安保体制よって、日本国民にとっていろいろ重大な問題が起ってくることが予想される。さういう場合、何とかして日本の独立と平和と民主主義を守るために、われわれ歌人としても、他の進歩的な文化団体と歩調をあわせ

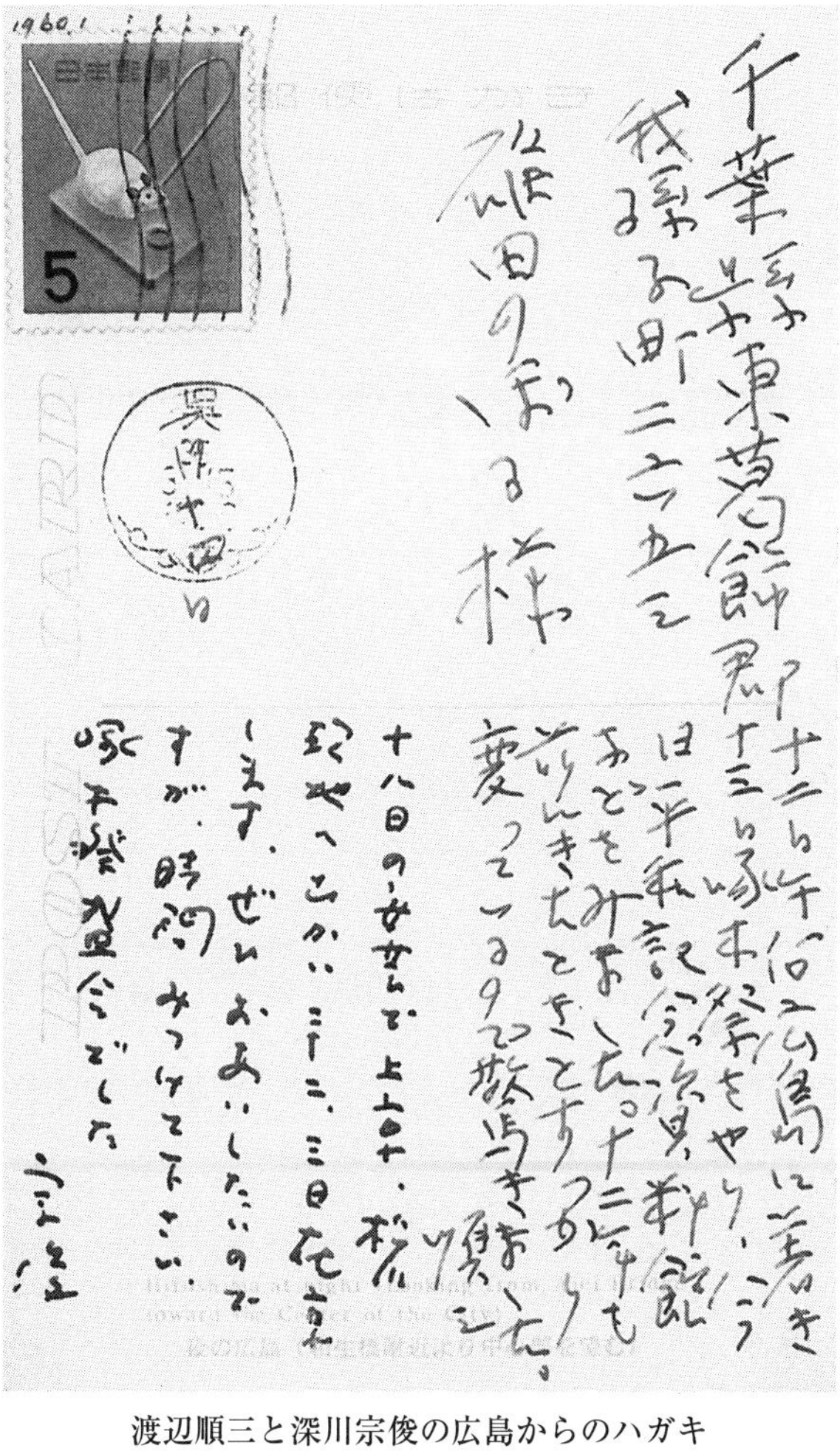

渡辺順三と深川宗俊の広島からのハガキ

て、何らかの形で社会的行動に参加するようにしたいと思う。」

一九六〇年といえば、渡辺さんは六十六歳でした。六十歳代に入ってこの年まで、おそらく渡辺さんは健康的に一番良好な年どしであり、行動力に満ちていました。広島での「啄木祭と短歌会」は、全国に先がけて一ヵ月早く行われましたが、これは、深川さんが主宰する短歌雑誌『青史』の創刊五周年を記念して企画されたものでした。

渡辺さんが、「十三年前にきたとき」といっているのは、戦後はじめて広島を訪れた、一九四七年六月四日のことです。その時の衝撃的な光景を『烈風の中を』に、次のように記しています。

「私はこのとき原爆を投下された跡のまだなまなましい広島を見て息を呑む思いをした。爆心地の近くの石造の建物の石に黒い人影がもうろうと残っていたり、例の原爆ドームの鉄骨が飴のようにくねくねと曲がったままであった。」

渡辺さんは、その時の感動を、「君らは語る」と題した、七首の行がえ自由律の作品として、明治大学の『駿台論潮』に送りました。当時はアメリカ占領軍の検閲時代でした。七首の中に次の一首があったため、ついに『駿台論潮』十月号は、占領軍によって発禁となりました。

原子爆弾に焼かれし街をつらぬき
水あおあおと
幅ひろき川

この事実が明らかになったのは、詩人の堀場清子さんの編集する詩誌『いしゅたる』の、一九八四年・夏号でした。そこに、「『君らは語る』のこと――占領軍による原爆文学発禁の一例」と題した評論によってでした。堀場さんは、この評論の執筆過程で、私にも電話の問い合わせがありましたが、私はまさに寝耳に水で、びっくりしました。順三生前に、そんな話は一度も聞いていなかったからです。このことは、拙著『占領軍検閲と戦後短歌――続評伝・渡辺順三』（二〇〇一年十二月）の中で、ややくわしく書いています。

渡辺さんがこのハガキを書きながら、「十三年前」の広島を思い出したわけですが、占領軍によって抹殺された、「原子爆弾」の一首があったことを思い出したかどうかは定かではありません。この歌は、その後の順三歌集にはまったく姿をみせていません。

一九六〇年の安保闘争の中で、新日本歌人協会が単独で請願デモを行ったことがあります。東大生の樺美智子が国会南通用門で、警官隊に殺された六月十五日の三日前でした。これは、渡辺さんがエッセイ「新年に思ったこと」で、安保反対に立ち上が

広島平和記念公園にて渡辺順三 (1960年3月)

ることを広く歌人たちに呼び掛けましたが、それを行動として具体化したものでした。この呼び掛けには、新日本歌人協会以外の歌人はほとんど反応せず、「樹木」の中野菊夫さんが参加しただけでした。参議院の議員面会所で、岩間正男さんに請願書を手渡し、アメリカ大使館にも抗議にいきました。

深川宗俊さんが、絵ハガキで指定してきた三月二十二、三日頃に、私は彼と会ったかどうか、まったく記憶がありません。多分「ぜひおあいしたい」という期待にはこたえられなかったのだろうと思います。安保闘争が大きく発展していたからです。

新日本歌人協会の独自なデモの三日後は、樺美智子の死と同時に、「六・一五教授団襲撃事件」と呼ばれることになる、警察官による無差別的な暴行事件が起こりました。私は当時、私学の教職員組合の役員をしており、同時に「大学・研究所・研究団体」という組織の副指揮者でした。私が責任をもつ組織の組合員の中に、多数の重軽傷者が出たため、私はその事後対策のため、一ヵ月間は夢中で飛び廻っていました。

『新日本歌人』の一九六〇年八月号は、渡辺順三「樺美智子さん！」十二首、森川平八「六・一五前後」二十首、深川宗俊「歴史の軋《き》しみ」十四首が、巻頭から並び壮観でした。私は九月号巻頭に「夜は明けて」三十首を出しています。各一首を記します。

笑み湛え写れる君が遺影の前ふかくあたま下ぐ香焚きし後（渡辺順三）
日曜のアメリカ大使館前通り新日本歌人の旗一つゆく（森川平八）
批准阻止のプラカード君ももちておりケロイドのおとめの乳房かえらず（深川宗俊）
顔面一杯の血をふかせもせず逮捕して行く私服らへ思わず手をふりあげる（碓田のぼる）

(二)

一九五九年の第五回原水爆禁止世界大会を記念して、深川さんの歌集『広島—原爆の街に生きて—』が八月に刊行されました。原爆投下から十四年間、ひたむきに〈広島〉を歌い続けた一千首の中から選んだ作品で編まれたものです。深川さんは、三菱造船にいて被爆し、二人の妹は原爆で死にました。歌集冒頭は、「一九四五年八月六日」の歌から始まっています。

べろべろと剥がれし皮膚をだぶつかせ火煙逃がれくる裸形の男女
焼けただれし裸体は少女よ日輪を抱くがごとく天に叫ぶも
死体見ればみな妹に見ゆるなりこの幻影は拭いがたくて
天を抱くがごとく両手をさしのべし死体の中にまだ生きるあり

私は、第五回原水爆禁止世界大会にはじめて参加し、深川さんと広島で長い時をすごしました。

私が深川さんとはじめて出会ったのはそれ以前でしたが、はっきりした記憶はありません。しかし私の脳裏には、広島駅から近い段原大畑町に、深川さんが経営していた、両手をひろげればいっぱいになりそうな、「白樺印刷」と表札の出た小さな印刷所が鮮やかに浮かんできます。

深川宗俊歌集『広島』(1959年8月)

第五回原水爆禁止世界大会が開かれた年は、ひどい暑さでした。広島の七つの川は、干上がって川底を見せるほどでした。二人で元安川の上流を歩いたり、原爆ドームの前にたたずんだりしました。夜は市内の喫茶店で「新日本歌人」の広島支部の会員や、「青史」の会員と、楽しい時を過ごしました。そのあと、深川さんが中心で行う、松川事件の真相報告会のビラを、二人で貼って歩いたりしました。

世界大会の分散会が終わった夕方近く、太田川の上流を、私は一人で歩いていました。日照りで、川水は川底に浅く流れていました。水際に近寄ろうとした時、私は足もとに小さな白い骨がいくつもあるのを見つけました。よく見ると、大きい骨もあったし、私が最初に見つけた骨よりも、もっと細く小さいものも、たくさんありました。

——それは、大きな衝撃でした。原爆が落ちた時、広島を流れる七つの川は死体で埋まったといいます。私はそのことを、太田洋子の『屍の街』で読み、原民喜の『夏の花』で読んでいました。しかし、戦争が終わって、もう十四年もたったというのに、広島の川には今もなお、幼い子どもの骨が、こうして水に洗われ、おし流され、砂に埋もれていたのだ——と、痛切に思いました。

当時、平和運動の中で愛唱された、ヒクメットの「死んだ女の子」の歌を口ずさみながら、三十一歳の私は、涙を拭きながら、原爆ドームに向かって水際を歩いてゆきました。

あたしは何もいらないの
誰にもだいてもらえないの
紙切れのようにもえた子は
おいしいお菓子も
食べられない
……

私は、深川さんに、小さな、白い骨との出合いの感動を話そうと思いましたが、言葉には出せませんでした。

それは、深川さんの歌集『広島』の中に、「小さな骨」と題した詩も収められていたことにもよります。〈今さらあらためて言うのは――〉とも思ったからです。まったく同じ体験でした。

小さな骨

閃光と　炎と　亡びた街の
網膜に灼きついた
あの日の　死の幻影

ああ川砂に　しがみつき
流れに手をあげる
小さな骨

原爆ドーム前にたつ深川宗俊（右）と著者（1959年8月）

第五回原水爆禁止世界大会は、私の生き方に大きな転機を与えるものとなりました。広島から帰った年の秋も深くなった頃、私は日本共産党に入党しました。平和運動、原水爆禁止運動が、組合運動と強く結びついていきました。一九六六年から六九年まで、東京原水協の副理事長となり、夏ごとに広島を訪れることになったのも、思えば「小さな骨」との出合いによるものでした。

深川宗俊さんが、『人民短歌』に作品を発表したのは、一九四七年四月号の「啄木記念特輯号」からです。「工場にて」と題された五首です。そのうちより二首。

鉄を焼く匂ひこもらふ土間に立ち君の乗れるクレーンを探す
高窓より射す朝光《かげ》に草の種子微光の流となりて消えゆく

深川宗俊は二〇〇九年四月二十五日に亡くなりました。享年八十七歳でした。

亡くなる二、三年前に、彼から小包が来たことがあります。それは、深川宗俊宛の渡辺順三の大量の書簡でした。深川さんは、手紙も何もつけてはきませんでした。多分、順三研究に生かしてくれ、というつもりだったに違いありません。私はその順三書簡を眺めながら、病気の深川宗俊が、自分の老い先を見定めたのだ、と思いました。

深川宗俊の歌集『広島』の中の前述した一首。

天を抱くがごとく両手をさしのべし死体の中にまだ生きるあり

この歌が、広島市内福島町に、戦後早くから歌碑となって建っていることは、あまり知られていません。私の現在の年齢で死んだ深川宗俊のこの歌碑に、もう一度会っておきたい、と考えております。

15　とがなくてしす　沢田五郎

㈠

沢田五郎（群馬県吾妻郡草津町乙六五〇　松沢方）より碓田のぼるへ（平成十年十二月四日消印）

拝啓

鈴木義夫のことは、大抵の人がびっくりしてしまいます。それで先生も又心を動かされてお調べいただいたのだと思いますが、本当にありがとうございました。これで、手がかりがつかめました。こちらでは、いろんな憶測の話がある中で、昭和十九年の五月末ごろあった事件で、路上で女の人が刺されて死んだ、そのため警察が非常線を張っていたところ、楽泉園から無断で一時帰省中の鈴木義夫、本名鈴村秀男も捕まった。そして、あまり調べられもせずに楽泉園から逃走した患者というだけで、特別病室へ送致された、と言う話が一番有力な話でした。これに符合します。尚、衆議院の瀬古由起子さんが、事件を調べ、名誉を回復したいと言われましたので、彼の本名と本籍地を一昨日送ったところです。彼の本籍地は小田原です。

鈴村にまつわる話は、他にもありますが、憶測交じりですので何とも言えませんが、この非常線で何人かの不良少年が捕まったとも聞くのです。しかし、それは鈴村が錯乱する少し前、特別病室の飯運びに断片的にかたったものだと思います。楽泉園を逃走した少年が不良少年と友達づきあいをしていたとも考えられないところから、私たちには、無実だろうと思っているのです。よしんば、無実でないにしても、あのような処罰のされ方は、不当なのですから、出来れば事件を明らかにする方が良いと考えているのです。

どうもありがとうございました。

敬具

十二月四日

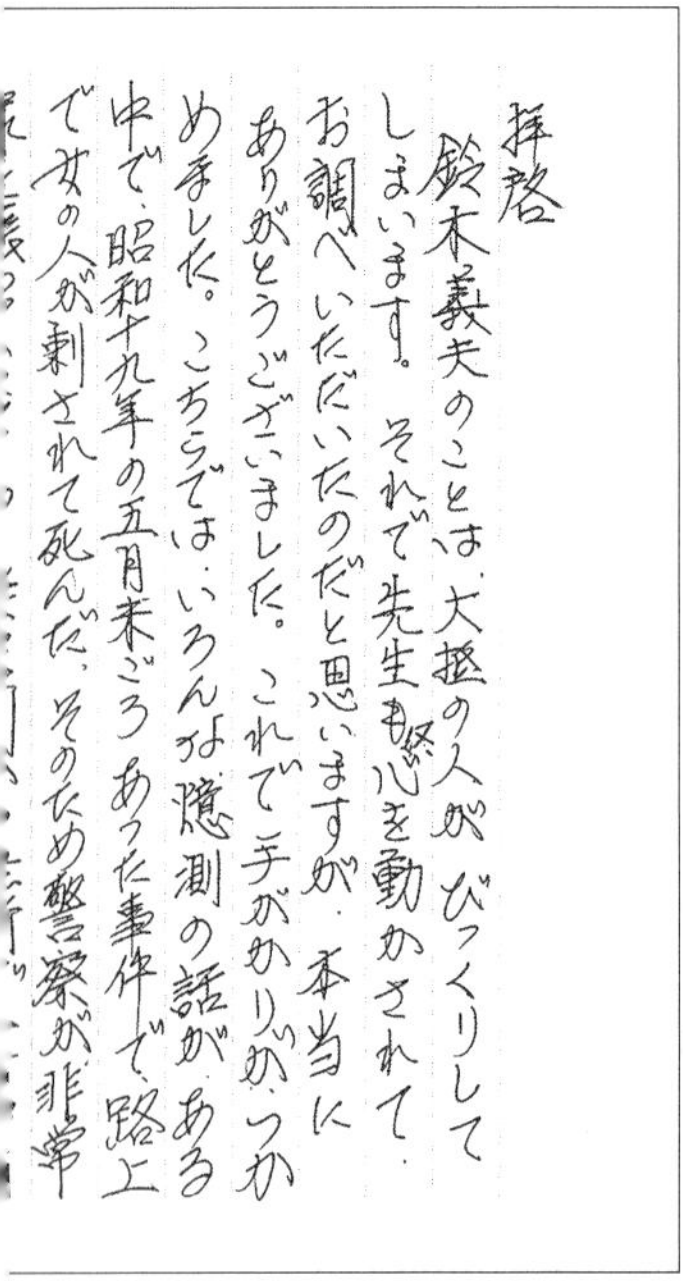

拝啓
鈴木義夫のことは、大抵の人がびっくりしてしまいます。それで先生も心を動かされて、お調べいただいたのだと思いますが、本当にありがとうございました。これで手がかりがつかめました。こちらでは、いろんな臆測の話がある中で、昭和十九年の五月末ごろあった事件で、路上で女の人が刺されて死んだ、そのため警察が非常

新日本歌人協会の会員だった沢田五郎さんは、元ハンセン病患者でした。群馬県草津にあった栗生《くりう》楽泉園《らくせんえん》に入園したのは、戦前の一九四一年、十一

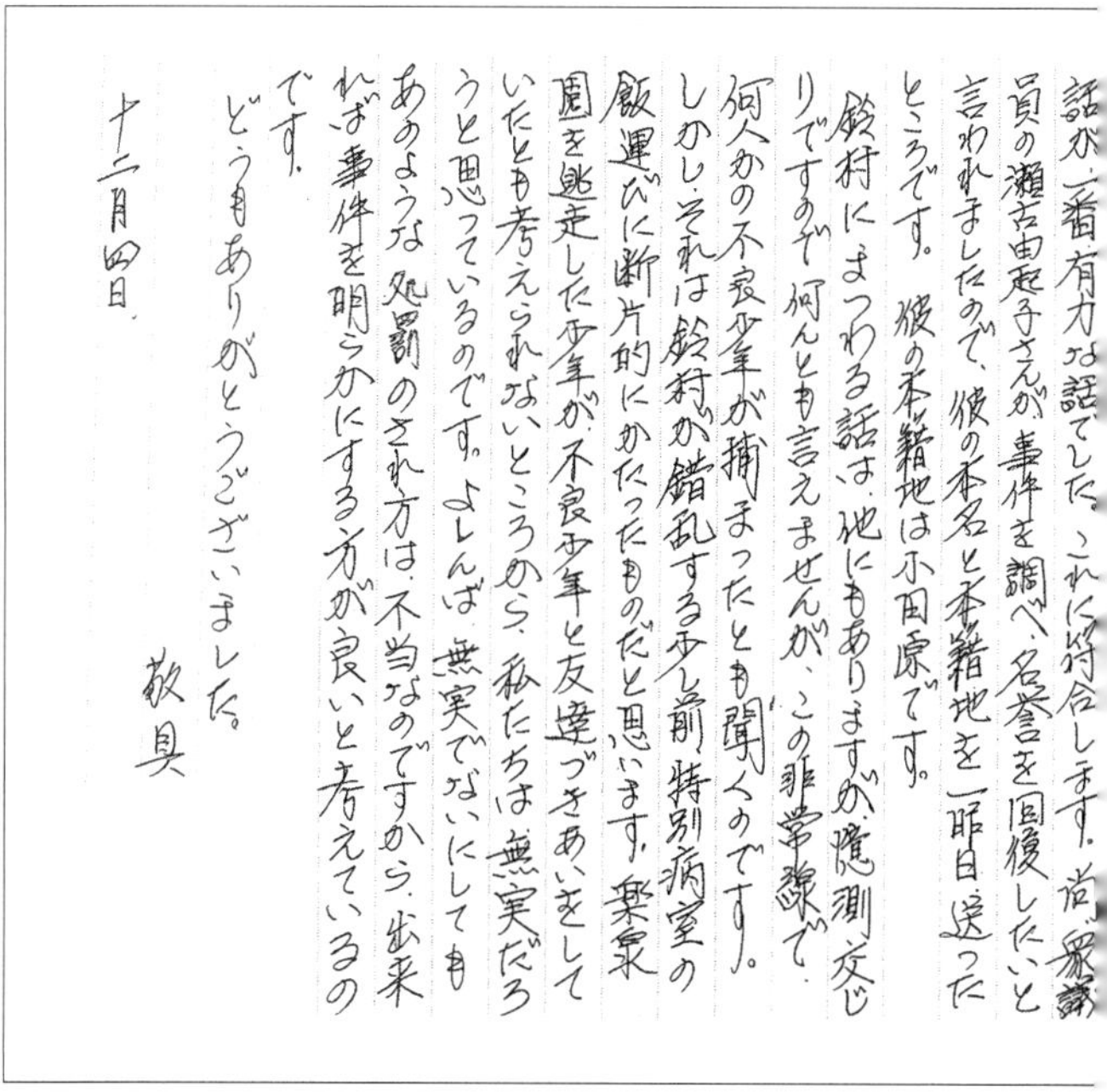
話が一番有力な話でした。これに符合します。尚、家裁
員の瀬古由起子さんが、事件を調べ、名誉を回復したいと
言われましたので、彼の本名と本籍地を一昨日送った
ところです。彼の本籍地は小田原です。
鈴村にまつわる話は、他にもありますが、臆測交じ
りですので何んとも言えませんが、この非常識で
何人かの不良少年が捕まったとも聞くのです。
しかし、それは鈴村が錯乱する少し前、特別病室の
飯運びに断片的にかたったものだと思います。楽泉
園を逃走した少年が、不良少年と友達づきあいをして
いたとも考えられないところから、私たちは無実だろ
うと思っているのです。よしんば、無実でないにしても
あのような処罰のされ方は、不当なのですから、出来
れば事件を明らかにする方が良いと考えているの
です。
どうもありがとうございました。
敬具
十二月四日。

沢田五郎よりの手紙

歳の時でした。一九五五年に失明しましたから、この手紙は代筆であることは、いうまでもありません。しかし、この手紙を読んでいると、一語、一語、吟味しながら書いてもらっているようで、代筆者もまた、一字一画もおろそかにせず、沢田さんの言葉を書きとめている真剣さが伝わってきます。

この手紙の最初に登場する鈴木義夫とは、沢田五郎さんが、第一歌集『風荒き中』（一九六七年）で、

ともどもに学びし鈴木もしばられて零下二十度の監房に死にき

と歌っている少年のことです。沢田さんと同じに、楽泉園に居た少年で、ある殺人事件に巻き込まれ、悪名高い草津楽泉園の「特別病室」——実態は地獄のような懲罰のみを目的とした重監房——に入れられ、敗戦直後に十八歳で、悲惨な死に方をした少年です。沢田さんは、この少年のために、その無実の罪を明らかにしようと、一生懸命とり組み、一九九八年九月に『とがなくてしす——私が見た特別病室』という本を出版し、私のところにも送られてきました。

私がもっとも心をゆすられたのは、鈴木少年の死体を「特別病室」から運び出す場面でした。

「彼は若かったがために、一冬越せるはずはないと言われた特別病室で、一九四四年十月二十三日から四六年一月四日まで生き続けたのである。日数は四四四日で、この間、厳冬の冬を一度越し、二度目の冬を半ばまで凌いだということになる。」

「義夫は何ヵ月か頭を刈ってもらってなかったらしく髪の毛が後ろは肩まで伸び、前は目に届くほどだったという。体はひどく痩せこけ、四貫目（十五キロ）あるなしぐらいで、手足の爪はひどく伸び、人間ではなく、なにかネコ科の動物の死骸のようだったという。哀れである。（十八年五ヵ月の命であった）」

もはや人間ではなく「ネコ科の動物の死骸」だったというところで、涙が溢れ出ました。沢田さんの感情を押えた「哀れである」という言葉は、いっそう私の胸をわき立たせました。

私は、国会図書館に行った機会に、殺人事件の起こった一九四四年頃のローカル新聞を調べました。「神奈川新聞」五月二十七日付に「風呂帰へりの娘、路上で刺殺さる」という見出しの十二行の小さな記事を発見しました。兇器や犯人についてなど、この事件についての、後続の記事はこの日以外にはありませんでした。

私はその小さな記事をコピーして、沢田五郎さんに送ったのです。おり返しに来た手紙が冒頭に紹介したものでした。

沢田五郎さんの『とがなくてしす』によれば、鈴木少年は、沢田さんより三歳年上でしたが、楽泉園の入所は、沢田さんより一年遅く、一九四二年五月だったということです。強いホームシックになり、「帰りたい帰りたいと言ってボサッとしてきた」ので、同室の者がみんなで、「黙っていてやるから行って来い。一週間くらいで帰ってくれば監禁室へ入れられるようなことはない」といって励ましたといいます。その年の十一月三十日、鈴木少年は、楽泉園から「逃走」したのでした（『とがなくてしす』十三頁）。

鈴木少年は、一週間では帰らず、少女刺殺事件のあった頃も「逃走」中でした。事件発生と同時に、非常線が張られ、たまたま鈴木少年はそれにひっかかり、楽泉園からの逃亡者だということもあって逮捕され、一九四四年十月二十三日に、草津の栗生楽泉園につれ戻され、「特別病室」に監禁されたのでした。

証拠も何もなく、鈴木少年はハンセン病者だということで、犯人に仕立てられたのでした。楽泉園を逃げ出した頃、鈴木少年は、病気が手に及んでいて、匕首《あいくち》など、とても握れるような状態ではなかったといいます。鈴木少年が持っていた刃物といえば、「肥後守」（鉛筆削り用の折りたたみ式ナイフ）だけでした。「肥後守」で、手に力のない人間が人を殺せるはずがありません。

鈴木少年が捕まってから、楽泉園に戻されるまで、「隔離撲滅」のハンセン病対策をとっていた当局が、鈴木少年をどこに閉じ込めていたのか、資料がまったくないと沢田五郎さんはその著書の中で書いています。もちろん、裁判にかけられた記録もないことが、手紙にもある衆議院議員の瀬古由起子さんの調査で明らかになりました。

こうして、何らの証拠も、裁判もなく、鈴木少年は殺人犯人に仕立られ、零下二十度の「重監房」で殺されたのでした。

(二)

癒ゆるなきらいときかされ癩園に母につれられ来し十三年前

たえまなく痙攣《けいれん》つづくる我の指のばしてものばしても屈まりてくる

雪霏軒にきらめくが見ゆるなりそれだけのことが嬉しくてならぬ

世の中の不具者めしいの仲間からもはじかるる我らいかに生きんか

これは、沢田五郎さんの第一歌集『風荒き中』のものです。沢田さんは、前述の『とがなくてしす』の中で、戦前は「らい者は猛獣以上の危険動物、猛毒を振り撒く者として取り扱われて」(二十三頁)いたと書いていますが、病者に対する政策は、まったく非人間的な「厳重隔離撲滅」政策でした。前回述べた、鈴木少年のような、無残な死の根本原因は、そのような非道きわまりない、ハンセン病者に対する偏見と差別によって生み出されたものでした。

沢田さんは一九五五年に、日本共産党に入党すると、戦後、楽泉園でたたかわれた人権闘争をさらに大きく発展させるために、たたかいました。

細胞名染めぬき成れるわれらが旗手《はた》触れ頬触れる盲目党員
日韓条約の批准はばまんビラ撒くと同志らは立てり風荒き中

栗生楽泉園の患者自治会が刊行した『風雪の紋―栗生楽泉園50年史』（一九八二年九月刊）には、「狂死と獄死が続出」といわれた、楽泉園での長い困難な、人権を確立する闘争が記述されています。『風荒き中』の時代、沢田五郎さんは患者自治会の会長の重責を負ってたたかっていました。

沢田さんの『とがなくてしす』の中心テーマは、「特別病室」などと称した「重監房」にかかわった人物の告発であり、その責任を追及することでした。同時に、明治四十年（一九〇七年）にできた「らい予防法」は、何度か改正はあったものの、本質はいささかも変わらず、それが廃止されたのは、なんと一九九六年四月一日でした。戦後になって、なお半世紀も患者の人権を侵害し続けてきた、百年近くも昔の法律を廃止しようとはしなかったのは、重大な国家的責任です。元患者たちが国家に対し、賠償を請求したことは当然というべきです。

沢田さんは、二〇〇〇年二月七日に行われた、裁判所の現地調査では、「重監房」を知る生き証人として、裁判官にその見たままを証言しています。その時の作品が、二〇〇〇年の『新日本歌人』六月号に「国賠訴訟現地検証」と題して、八首発表しています。その中より四首。

氷点下二十度にもなれば療養には向かぬ地と先ず立地条件を述ぶ
遠き世の水牢にもあたる重監房設置して隔離強めたるなり

判事三人立てる重監房跡にして昂ぶり述ぶる生き証人我
施錠あれば唇湿《しめ》しやる人のなく死なしめし二十二人の無残は思え

沢田五郎さんは、第三歌集『その木は這わず』で、一九九〇年度の渡辺順三賞を受賞しました。そして、二〇〇八年十月二十三日、七十八歳で亡くなりました。少年の日からの、長い病者の生活の中で、病に屈せず、人間の尊厳のためにたたかい抜いたその生涯は、見事だったと思います。

二〇一四年四月二十八日の「朝日新聞」夕刊八面に、「重監房の記憶　後世に」「ハンセン病患者を監禁、資料館30日開館」という二本のタテ見出しと、「草津・栗生楽泉園」の横見出しをつけた、大きな記事が出ました。沢田さんの文学仲間であり、たたかいの仲間でもあった谺《こだま》雄二さんの談話も載せられていました。沢田さんは、その著書の中で、

「ナチは、ユダヤ人は血の汚れとして、殺人工場を造って抹殺に努めた。ナチのこの犯罪には時効がない。日本のらい患者隔離撲滅政策による特別病室殺人にも時効を有らせてはならない。私はこの事を強く言いたい。」（一三九頁）

そして、「ハンセン病患者のうえに猛威を奮ったらい予防法を支えた特別病室は、……今、完全に過去の時代へ送り込まれようとしている。この時にあたって、この特別病室に新しい時代の光りをあてて、今一度考えてみるべきではないだろうかと私は思う。」（「あとがき」）と言っていました。

沢田さんがこう書いてから、十六年後の「朝日新聞」の記事でした。遅すぎる、ともいえるし、たとえ遅くとも、正しい願いと志は、かならず実現されるものだ、ともいえるように思います。「重監房資料館」は、新聞によれば二〇一四年五月一日から開館されました。いつか私も訪れたいと思っています。私はそこで「ネコ科の動物」

朝日新聞（夕刊）　2014年（平成26年）4月28日

重監房の記憶 後世に

ハンセン病患者を監禁、資料館30日開館

草津・栗生楽泉園

「重監房」と呼ばれた建物が、67年前まで群馬県草津町の国立ハンセン病療養所「栗生楽泉《くりうらくせん》園」にあった。全国で唯一、ハンセン病患者を懲罰目的で監禁した施設。昨年、初めて発掘調査され、国による人権侵害が改めて明かされた。負の歴史を伝え続けるため、園内に資料館として再現され、30日に開館する。

標高約1100㍍。園内の雑木林の中に縦約10㍍、横約23㍍の基礎部分だけが残る場所がある。広さ4畳ほどの独房を八つ備えていた重監房の跡だ。

重監房ができたのは1938（昭和13）年。全国各地にある療養所の所長に懲罰が必要と判断された患者が送られ、次第に待遇改善を求めた人らを収容する性格が強まった。冬は零下15度を下回る土地で、暖房も医師の診察もない。39～47年に収容された93人のうち

㊤重監房跡の発掘を指導する能登健さん（右）＝2013年9月㊥開館準備がほぼ整った重監房資料館＝いずれも群馬県草津町㊦重監房に関するシンポジウムで発言する谺雄二さん＝3月、前橋市

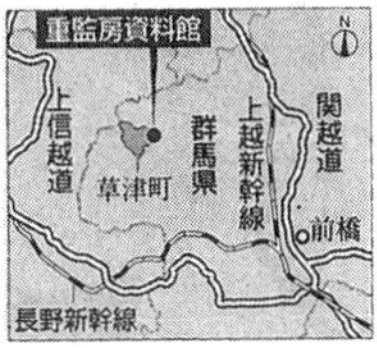

所の跡だ。木製の弁当箱やはし、扉の南京錠、眼鏡や地下足袋……。「収容者が死亡し、処分が面倒な遺品を捨てたのではないか」

調査で新たな事実がわかった。コンクリートと言われていた構造が、木造モルタル造りだったことが判明。証言では「頑丈な鉄製」と伝えられていた房の

隠されていたとみる。「園に知られれば、頼んだ人も、頼まれた人も収容の対象にされた」からだ。

◇

30日は開館式典があり、一般の見学は5月1日から。入場無料。問い合わせは5月1日以降に重監房資料館（0279・88・1550）へ。

「極寒、飢餓の地獄」

重監房の再現は、元患者らの強い要望だった。栗生楽泉園の入所者自治会副会長の谺《こだま》雄二さん(82)は「存在したこと自体が差別の証拠。必ず後世に残さないといけない」と話す。

谺さんは19歳のころに楽泉園に転園後、すでに使われていなかった重監房を初めて見た。高い塀、分厚い扉。小さい頃から療養所で過ごし、大人たちが「草津送り」とうわさしていたのを覚えていた。「こんな恐ろしい所が本当にあったのか」と衝撃を受けた。

谺さんは、重監房に食事を運んだ人に聞き取り、証言集を発行。「水分が足りず、布団の端を外に出して、雨を吸わせてしゃぶっていた」との証言もあった。谺さんは「暗黒、極寒、飢餓、孤独。すべての地獄があった」と話した。

入所者自治会長で、重監房の廃止前から園内で暮らしてきた藤田三四郎さん(88)は「国による差別の記憶を残し、同じ過ちを二度と繰り返してほしくない」と訴える。

（井上怜）

2014年4月28日付「朝日新聞」の記事

のようになって死んだ、鈴木少年のことを思い、沢田さんのことを思い、「咎《とが》なくて死す」という言葉を深く肝に銘じたいものと思っています。

〈附記〉沢田五郎著『とがなくてしす』の題名の出所について、著者の簡単な説明が書いてあった。「いろは」うたの、七番目の文字をたどると、そうなるのだという。誰が、いつの時代にそう解読したかはもちろんわからない。私には、特定の誰か、ということよりも、遠い昔からの民衆の苦しみの表現のように思える。

いろはにほへ**と**／ちりぬるを／わ**か**よたれそ／つね**な**らむ／うゐのお**く**やま／けふこえ**て**／あさきゆめみ**し**／ゑひもせ**す**

16　忘れえぬ新茶の季節　橋本澄子

橋本澄子よりのハガキ（藤枝市京町４—21・昭和五十七年五月三日消印）

庭の柿の新芽もすっかり若葉とかわり、むせかえるような五月のかおりです。先生には御健勝のことと存じます。

五月一日には〈地区の灯〉の出版記念会をかねた〈橋本登をしのぶつどい〉をやっていただきました。

こちらでは今新茶の頃です。

「碓田先生へお茶を送っておいて」という登の声がきこえてくるようです。登がいつもお茶を送ってと頼むのは碓田先生お一人でした。
登がいたらことしもきっと——碓田先生のところへお茶を……と言ったに違いないと思いながら新茶を心ばかりお送りしました。御賞味いただけると嬉しいです。

橋本澄子さんは、ハガキの中にもある歌集『地区の灯』の著者、橋本登さんの妻です。

橋本登さんのことを、まず書かなければなりません。橋本登さんは、このハガキの四ヵ月ほど前の一月十日に、食道ガンで亡くなった歌人です。橋本さんは六〇年代から「赤旗」歌壇の、熱心な投稿者でした。一九七〇年度の『赤旗』『文化評論』の文学作品の短歌部門に入選してから、その作歌活動はめざましいものがありました。新日本歌人協会の指導的歌人として、また「赤旗」短歌欄の選者として、多くの人びとに注目され、期待されていました。一九七九年七月、食道ガンの手術を受けて以降二年半、日本共産党静岡県委員会の常任委員として、歌人として、また闘病者としてたたかい続けていたものです。

亡くなる前年の秋頃、病状が悪化して静岡の日赤病院に入院しました。医者は、余命二、三ヵ月、早ければ九月にもといわれていたといいます。私は二回ほど見舞いに行った折り、歌集出版の話となり、橋本さんも決意して病床で準備をし、苦労して原稿を仕上げたときは、「あとがき」も書けない状況でした。しかしその後、原稿用紙三枚の「あとがき」は、死の床で気力を振りしぼって書いたものでした。残念ながら『地区の灯』は橋本さんの生前には間に合わず、遺歌集となってしまいました。『地区の灯』の最大の特徴は、一貫して党が主題にすえられていることでした。それは、もっとも困難な課題への挑戦でもありました。

はにかみを眸にのこし党に来し教え子の手をとりてゆさぶる
児らをはぐくむ胸の奥にもひるがえれ半世紀党が掲げきし旗
「お父さん」と吾子の言葉は咽頭を伝う吸飲みの水のごとく優しも

澄子さんは、橋本さんが亡くなった十年後の一九九二年五月十九日、肺がんのために亡くなりました。五十八歳でした。私はそのことを「赤旗」訃報欄で見たのでした。当時、私は参院選の比例代表候補として、全国宣伝行動に参加していましたが、家に帰ると、澄子さんの見なれた筆跡の手紙が届いており、びっくりして封を切りました。あとでわかったことですが、澄子さんは、「私が死んだら投函して」と妹さん夫妻に頼んでおいたものだったのです。

私は今浜松・せきれいホスピスの一室で、横になったまま書いています。もう体力が少なくなってきて坐って書けなくて、横になったまま失礼します。

七月の参院選まではなんとか生きて尊い一票を日本共産党にと思ってはいましたが、ちょっと無理な気がします。

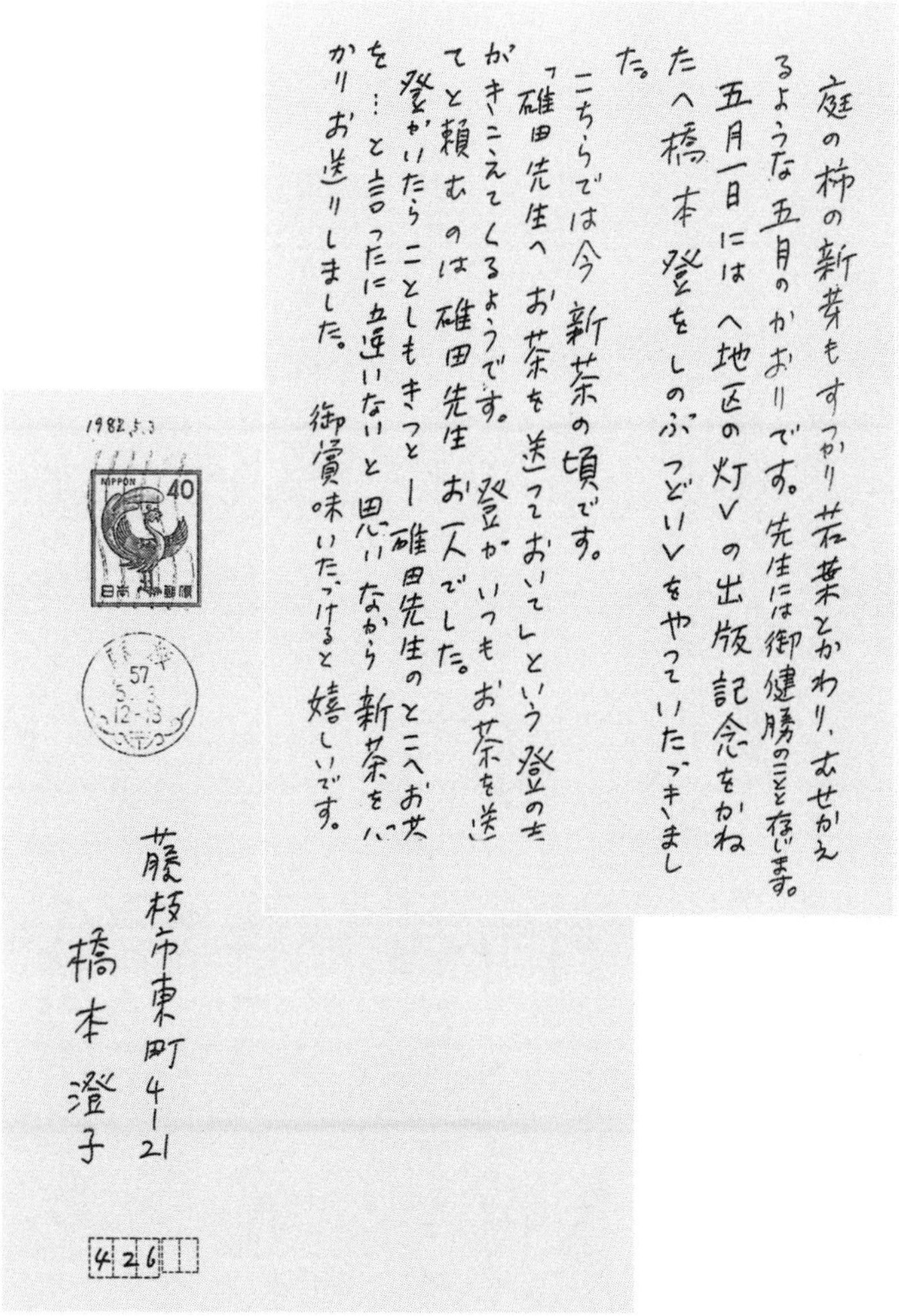
庭の柿の新芽もすっかり若葉とかわり、むせかえるような五月のかおりです。先生には御健勝のことと存じます。

五月一日には〈地区の灯〉の出版記念をかねた〈橋本登をしのぶつどい〉をやっていただきました。

こちらでは今新茶の頃です。

「碓田先生へお茶を送っておいて」という登の声がきこえてくるようです。登がいつもお茶を送てと頼むのは碓田先生お一人でした。

登がいたらことしもきっと「碓田先生のとこへお茶を…」と言ったに違いないと思いながら新茶をいくばかりお送りしました。

御賞味いただけると嬉しいです。

橋本澄子よりのハガキ

このような書き出しで、現在の闘病生活や二人の子どもの成長にもふれてありました。命の極みを見つめながら、死の二ヵ月前に書いたものでした。

橋本登・澄子夫妻は、ともにすぐれた教師であり、実践家でした。二人の共著に『凪の夜ばなし』があります。それは、妻の夫への想いと、夫から妻にかけわたされた愛情の書であり、感銘深いものでした。

「橋本登と結婚して二人で腕をくんで歩いた時代が、私の最も充実した、輝いていた時代でした。五十八年という短い人生でしたけれど、二人の息子にもめぐまれ、すばらしい人生でした。」

澄子さんの手紙には、そのようにも書かれていました。「すばらしい人生でした」と言い残した言葉は、亡き夫への限りない愛をこめた呼びかけのように思いました。日本共産党員の誇りと確信に満ち、こんなにも豊かに、見事に、一組の夫婦が生涯を終えたことに、深く感動します。澄子さんのホスピスからの手紙の最後は、いつものように、「さようなら」で結ばれていました。

私と橋本登さんがはじめて出会ったのは、一九六二年十一月に、多摩湖畔で開かれた第四回「赤旗まつり」においてでした。橋本さんは静岡の物産展のテントで、お茶を売っていました。そのことが今も懐かしく思い出されてきます。次の二首、澄子さんの訃報を聞いた時の私の弔歌です。

『風の夜ばなし』を開けば命かがやかすありしながらの君顕《た》ちてくる

橋本登・澄子と名を並べ生涯を忘れじと思う青葉のなかに

17　老いたレオナルド

赤木健介

㈠

赤木健介さんからの手紙やハガキは、渡辺順三さんに次いできわめて多く、百通を越えます。次に紹介するハガキは、その中からの一通で、最晩年のものです。

赤木健介よりのハガキ（一九七九年九月十二日消印・埼玉県川越市天沼新田二一二－二）

ソヴェト旅行からの絵ハガキ三通頂きました。今日届いたのは9・5付モルダビア共和国（キシニショフ市）からのお便りです。ついに生涯、日本を出ることのできなかった者からみれば羨しいと言えますが、何かその閉塞を誇りとしているようなところもあります。病気は百病斉放で、どうも思うように快治してくれませんが、くよくよしないで回復に向って努力しようと思っています。

一九七〇年代の最後の年、一九七九年の八月下旬に、私は、「日ソ友好と平和のための労働組合ミンスク集会」という長い名前の集会に出席のため、日教組代表団二十名の一人として、日本を離れました。船で横浜からナホトカへ。それからシベリヤ鉄道で車中泊してハバロフスクに着き、飛行機でモスクワへ、そしてさらにミンスクへ、といった長い旅でした。赤木さんに出した絵ハガキは、その旅程からのものでした。

当時の日本の労働運動は、右傾化の方向を強めていました。ミンスク集会のあと三ヵ月ほどたった一九八〇年一月には、反共的ないわゆる「社公合意」によって、社会党の右傾化は決定的なものとなりました。この社会党に対する一党支持を組合員に義務づけ、押しつけた総評・日教組が、右傾化していったのは当然のことでした。

　この集会では、日教組方針に批判的な潮流の側に立っていた私には、何の役割りもなかったから、気が楽でした。ミンスク集会は、活力に乏しい形式的な交流会で終わりました。この集会の内容は、ほとんど記憶にありません。

　しかし、日程の合間には、よく一人歩きをしました。オデッサの港を見おろす丘のベンチで、戦艦ポチョムキンの叛乱を回想したり、それを賛美した若き日の啄木を想ったり、また、港の上の街で、プーシキンが『オネーギン』を書いた居室跡を訪れたりしたことは、しっかりと記憶にあります。さらに、一八九八年三月一日にロシア社会民主労働党の創立大会がひそかに開かれた、ミンスク市内の川のほとりに建つ緑色の木造の小さな家などは、鮮明に記憶に残っています。

　そんな旅の印象を書いた絵ハガキを、いつものように、渡辺さんや佐々木さん宛とともに、赤木さんにも書き送ったのでした。

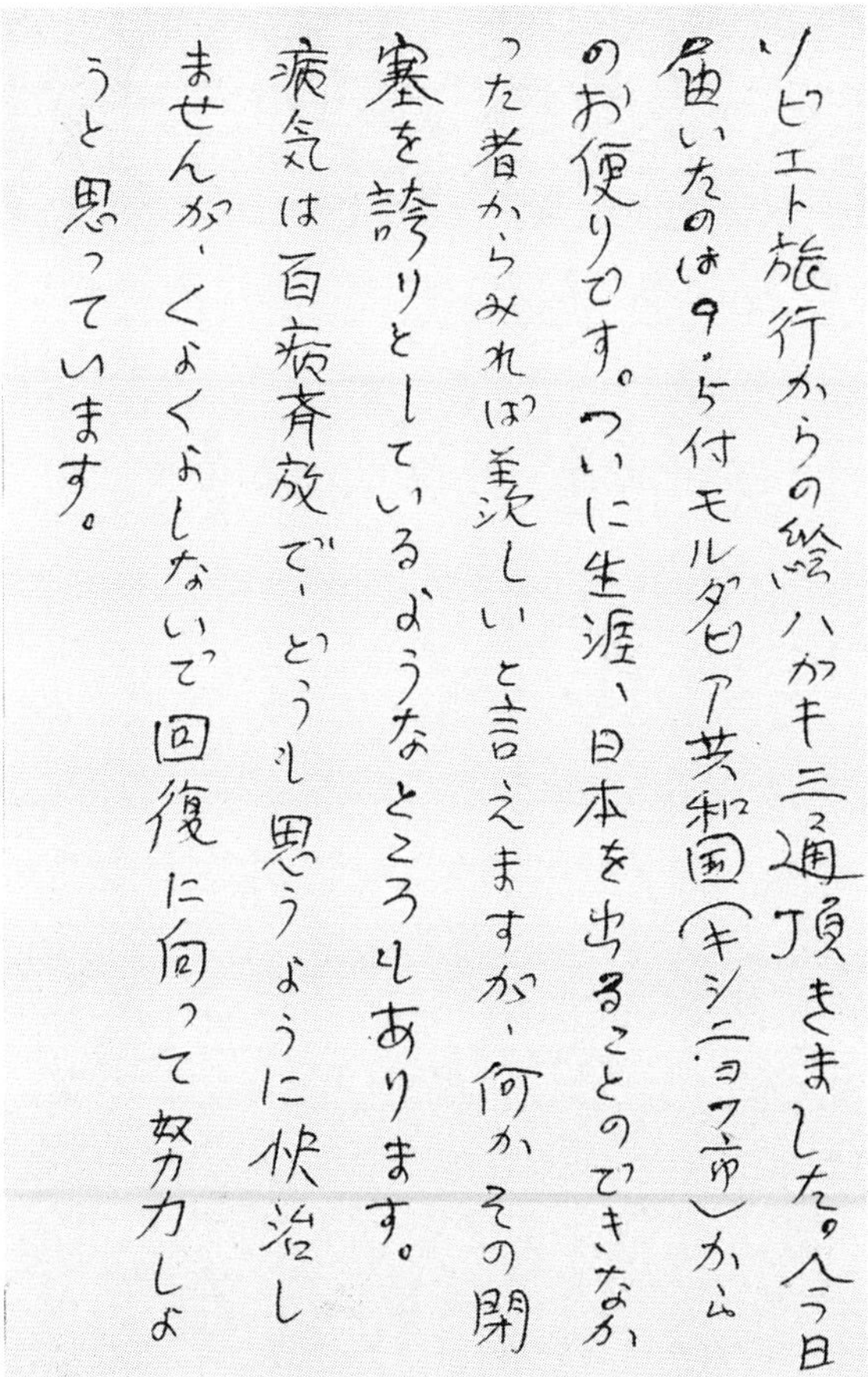
ソビエト旅行からの絵ハガキ二通頂きました。今日届いたのは9.5付モルダビア共和国（キシニョフ市）からのお便りです。ついに生涯、日本を出ることのできなかった者からみれば羨しいと言えますが、何かその閉塞を誇りとしているようなところもあります。病気は百病斉放で、どうも思うように快治しませんが、くよくよしないで回復に向って努力しようと思っています。

赤木健介よりのハガキ

一九七〇年代後半、赤木さんはめっきり弱くなり、まさに「百病斉放」ズバリの状況でした。これは「百花斉放」をもじった赤木さんの造語です。赤木さんはこのハガキから一、二年後には、病状がそれこそ「百花」の形で攻めこんできて、肝炎・胃潰瘍・パージャー氏病での右足動脈血管切除、心臓喘息などなどに、相次いで襲われてくることになります。

暗い、暗い時代に生きて、
ベートーヴェン　にはげまされつつ、
　今日も終るか。

七〇年への
きびしい決意、呼びかける声、

この音楽の激流のなかに。

七〇年代へ生きのびてきて
よかったと思うか。
わが生涯の深い翳りよ。

赤木さんは、「百病斉放」の不自由な合間をぬって、いろいろ活動をしていました。友人・知人に手紙を書き、短歌の添削をすることも、その活動のなかの重要な一つでした。赤木さんの手紙は、編集者らしい、わかり易く一画も手抜きをしない楷書の字でした。一九八一年九月二十六日付の、次のような手紙も、丁寧に書かれたものでした。

九月号貴論「茂吉小感」拝見。芥川の茂吉論に触れてあるので、特に興味をおぼえました。ほかに書いたこともあるが、大正14年3月私は姫高生（旧制姫路高校・引用者）だったが、その前に芥川から手紙をもらい（〝世界人〟という個人誌に彼を批判したので）、それを縁故として彼を訪問しました。そのとき芥川が、今から茂吉が来るんだが会ってゆかないかと言われ、彼の歌を数首朗吟したのに驚きました。そのとき会ってよかったのだが、それほど重要なこととも思われなかったので遠慮して帰りました。もし会っていたら自分にとって一つの重要なポイントになっていたかも知れません。芥川の思想についてはいろ〳〵問題もあるが、彼の茂吉評価はその進歩性への理解があったものと考えます。芥川全集には、ぼくに宛てたインテリゲンチャの苦悶の問題を扱った手紙が入っています。（水野明善が大分前の「赤旗」で引用していました。）

私の「茂吉小感」とは、『新日本歌人』に書いた三頁ほどのエッセイです。芥川龍之介が「文芸的な、余りに文芸的な」（一九二九年）の中で、茂吉の『赤光』を賞賛して、啄木の「継承者」あるいは「止揚者」のように述べていることに異論をさしはさんだものです。私の書いたものの内容に、芥川と茂吉という取り合わせが出てきて、赤木さんが、思わず若い日の回想となったのだと思います。

赤木さんが「芥川から手紙をもら」ったというその手紙は、赤木さんがいうように、『芥川龍之介全集』でも読めますが、現在では岩波文庫の石割透編『芥川龍之介書簡集』に収められているので手軽に読めます。それはなかなか面白いもので、「インテリゲンチャの苦悶の問題を扱った」という感じとはややちがうように、私には感じられました。それは、文学の世界に入ってきた、後続の若い世代に向けて、教え諭しているような感じのものでした。私が一番面白かったのは、次のような芥川の文章です。

「あなたはコンミュニズムの信徒でしょう。それならば過去数年来、ソヴィエット・ロシアが採って来た資本主義的政策を知っている筈です。又資本主義的政策を採ることを必要としたロシアの、——少なくともレーニンの衷情を知っている筈です。我々は皆根気よく歩きつづけなければなりません。あせったり、騒いだり、ヒステリイを起したりするのは畢竟唯御当人の芝居気を満足させるだけです。」（岩波文庫、三四三頁）

芥川龍之介が三十六歳で自殺したのは、この手紙から二年後の、一九二七年七月二十四日でした。その時、赤木健介は十八歳でした。そして、赤木健介は八十二歳まで生きました。この限りでは、赤木健介のほうが「根気よく歩きつづけ」たというべきです。

㈡

短歌の実作者であり、詩人でもある赤木健介は、伊豆公夫の名前をもった歴史家として有名です。その名の処女著作は、二十四歳の時の『現代自然科学の弁証法による反省』（同人書院・一九三一年）です。九州大学時代の恩師の世話によって出版されたものです。

野呂栄太郎が指導した、『日本資本主義発達史講座』（一九三二年〜三三年・岩波書店）には、羽仁五郎・伊豆公夫の共同執筆で、「明治維新に於ける制度上の変革」という論文を書いていますが、赤木さんは、中島信衛というい かにも学者らしいペンネームで、もう一つの論文「封建的身分制度の廃止、秩禄公債発行及び武士の授産」を書いています。中島信衛が、伊豆公夫のペンネームであり、本名赤羽寿であることなどはほとんど知られていません。さらにいえば、羽仁五郎名の『幕末に於ける政治的支配形態』という論文も、羽仁五郎の一番弟子といわれた赤木さんの代作であることなどは、もっと知られていません。

二十歳代の赤木さんは、次々と歴史関係、哲学関係、音楽関係、詩・短歌などの広範囲な分野にまたがる著作や論文を、つぎつぎと書いていきました。その博覧強記と多才ぶりは、当時の人びとを驚かせました。「百科全書派（エンサイクロペディア）」

とか「日本のレオナルド」などといわれたのは、この頃だったでしょう。イタリア・ルネサンスの巨匠レオナルド・ダ・ヴィンチに見立てられたことは、若い赤木さんを大いに励まし、緊張させたにちがいありません。

日本のレオナルドといわれ
気負ったこともあった
いまは日本の無名の一人である

この一首は、赤木さんの絶詠「ふゆあしは」十二首の中の一首です。これを読むと「気負って」昂然とした「レオナルド」の時代の赤木さんの姿が彷彿《ほうふつ》としてきます。

赤木さんの戦前の著者で、私の一番好きなのは『在りし日の東洋詩人たち』（一九四〇年四月・白揚社）と歌集『意欲』（一九四二年三月・文化再出発の会）です。この著書は、赤木さんの詩人としての柔軟かつ繊細な感性で、古今の東洋詩人たちをと

赤木健介著『在りし日の東洋詩人たち』

らえたエッセイと、作品を内容としたものです。イランのウマル・ハイヤームの『ルバイヤート』を知ったのも赤木さんのこの本からでした。『在りし日の東洋詩人たち』は、出版当時評判にもなり、北村透谷賞の次席作品となったものです。入選は萩原朔太郎で、次席は赤木さんと太宰治の二人でした。もっともこの当時、赤木さんは逮捕されて、未決で市ヶ谷刑務所に入れられていたため、透谷賞そのものが取り止めになりました。歌集『意欲』には、時代を刻んだ、優れた歌が数多くあります。

パスカルが、
「人間は葦だ」と云った、
破《や》れ葦の、この肉体は、闘う葦だ。

吹きつのる、暴風雨の中に、
一燈の、揺がないのを、
凝視《みつ》めて過ぎた。

一首目は、考えることさえも奪う治安維持法体制の下での、たたかう知識人の激しい意志であり、二首目は、暴風雨のように荒れ狂う時代状況のなかで、ゆるがない歴史の必然を見すえているような歌です。「一燈」とは、弾圧下にあった日本共産党を象徴化して歌ったのだとは、戦後になって、私が聞いたことへの赤木さんの答えでした。

　赤木さんとの思い出は、私には無数にありますが、次は、とくに忘れられない一つ――。

　私は、新日本歌人協会に入ってから、作品発表名は本名の「碓田登」でしたが、やがて「登」が「のぼる」に変わっていきます。名前の一字を平仮名にひらいたのは赤木さんです。

　赤木さんが雑誌『新日本歌人』の編集責任者だった、一九五〇年代の後半の頃だったと思います。私はまだ高校教師をしていました。常任幹事会の帰りは山手線でいつも新宿から池袋まで一緒でした。赤木さんは池袋で私鉄に乗り換えるわけです。私はその日できたばかりの雑誌をめくって見ていると、私の前に座っていた赤木さんが、顔をあげ、

「碓田君、君の名前は一字で短すぎるから、平仮名にしといたよ」

と、いかにもいたずらっぽい、すまなそうな表情で言いました。私はすぐ自分の作品のところをさがすと、それまでの「登」が、「のぼる」となって、他人のように頁の中に居すわっていました。「余計なおせっかいを……」と私はその時、心の中で赤木さんをののしりました。しかし、その後の私は、もう二度と、村役場の戸籍簿にある「登」に戻ろうとはしませんでした。

やがて私は、組合活動は漢字の世界で、短歌や文章を書く仕事は平仮名の世界で、というように、名前を住み分けて使うようになりました。今では、どんな場合にも平仮名で書くようになってしまって、赤木健介命名の「のぼる」は、生まれながらの名前であるように感じています。

赤木さんは、御茶の水の聖橋をわたった先にある春秋社に、編集者として長く勤めていました。私の勤務場所の日本教育会館は、神田一ツ橋にありましたので、赤木さんの仕事の終わりそうな時間をみはからって、よく春秋社に出かけていきました。戦争で、奇跡のように焼け残った木造住宅の二階に、赤木さんの机がありました。赤木さんは、まだ仕事の最中であったり、仕事が終わってポケット日記に顔をおしつけるようにして小さな字を書いていたり、という時が多かったように思います。

赤木さんの机の引き出しには、小型のウィスキー瓶がしのばせてあって、瓶つきの小さなコップで、チビリ、チビリと、じつにうまそうに飲んでいる時もありました。

ありし日の赤木健介

私は赤木さんがウィスキーを飲み終わるまで、空いた机の椅子で、本など読みながら待ちます。赤木さんの一日の〝儀式〟が終わると、一緒にギシギシ鳴る階段をおり、聖橋をわたり、御茶の水に出てコーヒーを飲んで別れるというのが、その頃のコースでした。

赤木さんからは、面白い話をいろいろ聞かされました。検事だった父親の転任で、小さい時からあちこちを転居し続けたようです。

函館の弥生小学校では亀井勝一郎と同級生だったといいます。啄木が渋民小学校での教員をやめ、妹をつれて津軽の海を渡り、函館弥生小学校で代用教員をしたのは、赤木さんが弥生小学校に入る八年前のことでした。もし、啄木がもう少しおそく、そして、赤木さんがもう少し早く函館に行っていたならば、才ばしった二人が、先生と生徒として教室で、気むずかしい顔をしながら出会えたのに、惜しいことをした、などと私は勝手な空想を楽しんだりしました。

七〇年代のはじめ頃、赤木さんが『新日本歌人』に載せるため、作家の藤森成吉さんのインタビューに行ったことがあります。私も誘われて一緒に行くことにしていました。しかし、その間際に、やむを得ない仕事ができてしまって行けませんでした。

藤森成吉さんは、私と同じ信州人で諏訪の人です。啄木より六歳下に生まれ、一高から東大独文科に進み、首席で卒業したという俊秀です。若くして文壇にデビューし、『礫茂左衛門』とか『何が彼女をさうさせたか』などの戯曲は有名です。

藤森成吉さんのインタビューから帰った赤木さんと、数日後に会った時、インタビューの話を聞きました。いつものコースでの、御茶の水の喫茶店でした。赤木さんは、その話の最後に、私が行けなかったことを藤森さんは残念がり、「人間には一期一会ということがあるからね――」と言っていたと伝言のように言いました。そして、藤森さんから私に贈られた歌集『星辰と頭脳』を手渡してくれました。私は、赤木さんから藤森成吉さんの話を聞きながら、叱られているように思いました。「一期一会」という言葉がひどくこたえました。どんなことがあっても、赤木さんのインタビューについて行くべきだった、という後悔にさいなまれました。藤森さんが亡くなられたのは、それから四年後ぐらいだったと思います。郷土の偉大な先輩である藤森成吉さんに会えなかった後悔は、今も尾を引いています。

赤木さんが、若い日に芥川龍之介を訪ねた時、斎藤茂吉と会いそこねたことは、前に書きました。藤森さんの言った「一期一会」の言葉を私に伝えた時、赤木さんは遠い昔に、茂吉と会えなかったことにからんで「一期一会」の言葉を思い返していたのかもしれません。

人間の一生において、人と人との出会いの機縁を、かみしめるようにして大事にすることは、まさに「一期一会」そのものであるからだと思います。私はこの言葉に出会うたびに、藤森さんを思い出します。

次の歌は、藤森成吉さんの若い日の思郷の思いを述べたものです。藤森さんは啄木が大好きで、その作品を高く評価していましたが、藤森さんの次の歌を読んでいると、啄木の望郷の心がゆらゆらと立ちのぼってくる感じがしてきます。

蝉しぐれつつみし家や酒の旗夕立も湖水も汽車の離《さ》りけり
名も知らずただみどりなるふるさとの山並なれど飽きることなし

18　病床のインタビュー　三浦綾子・三浦光世

(一)

一九九八年五月十一日付で、北海道旭川市の三浦光世さんからCDの入った小包封筒が届きました。光世さんのハガキや手紙の住所には、三浦綾子さんと名前を並べた、ゴム判の住所印がいつも押されていました。

以下は、この小包封筒の中に入っていた、光世さんの手紙です。

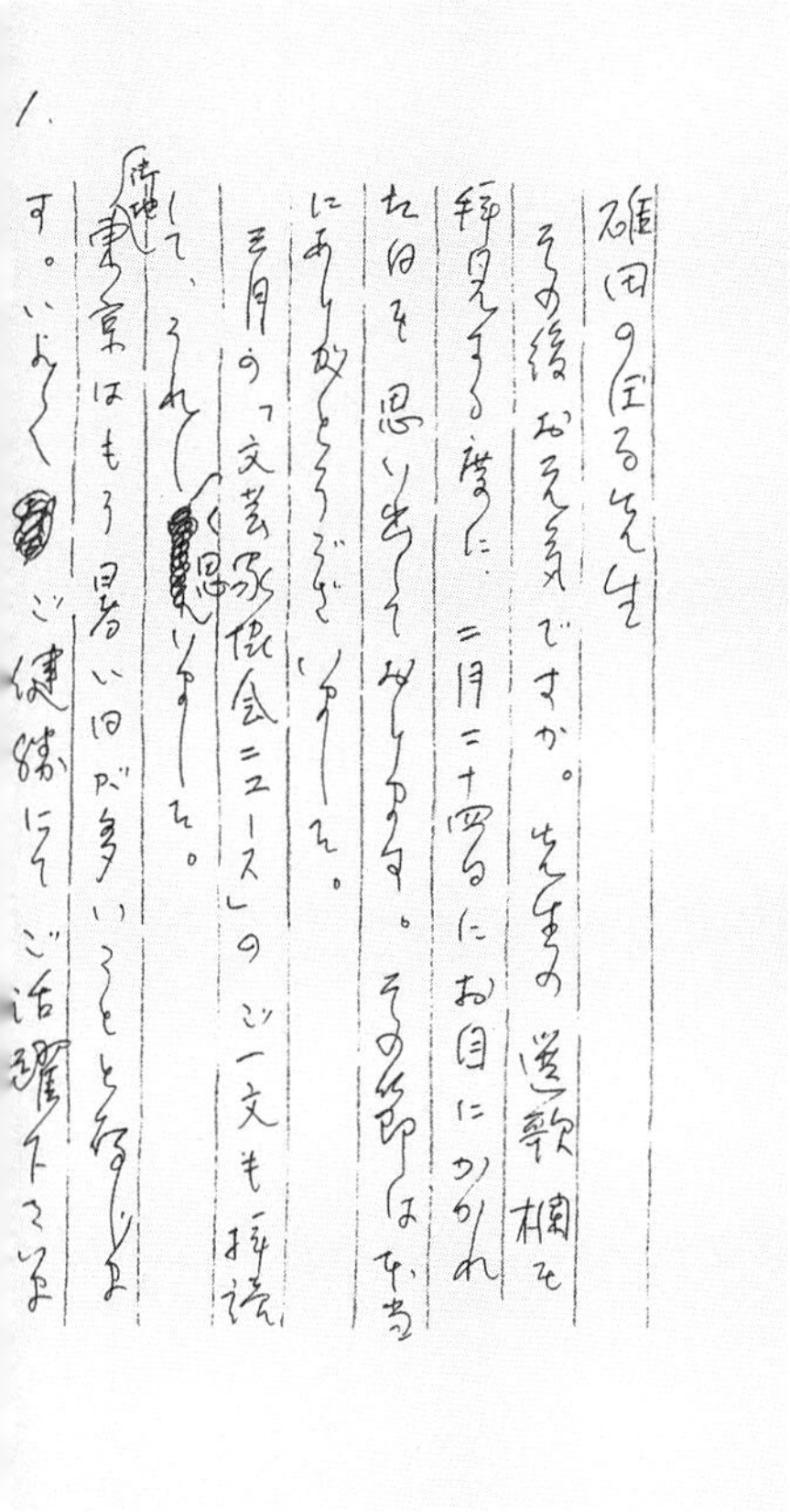

碓田のぼる先生
その後お元気ですか。先生の選歌欄を拝見する度に、二月二十四日にお目にかかれた日を思い出しております。その節は本当にありがとうございました。
二月の「文芸家協会ニュース」のご一文も拝読して、うれしく思いました。いよく〳〵ご健勝にてご活躍ください。
御地東京はもう暑い日が多いことと存じます。いよく〵ご健勝にてご活躍くださいますよう、お祈り申し上げております。

講師紹介の時に、私の歌が流されて、冷汗の出る思いでしたが、多喜二のことを家内が話し

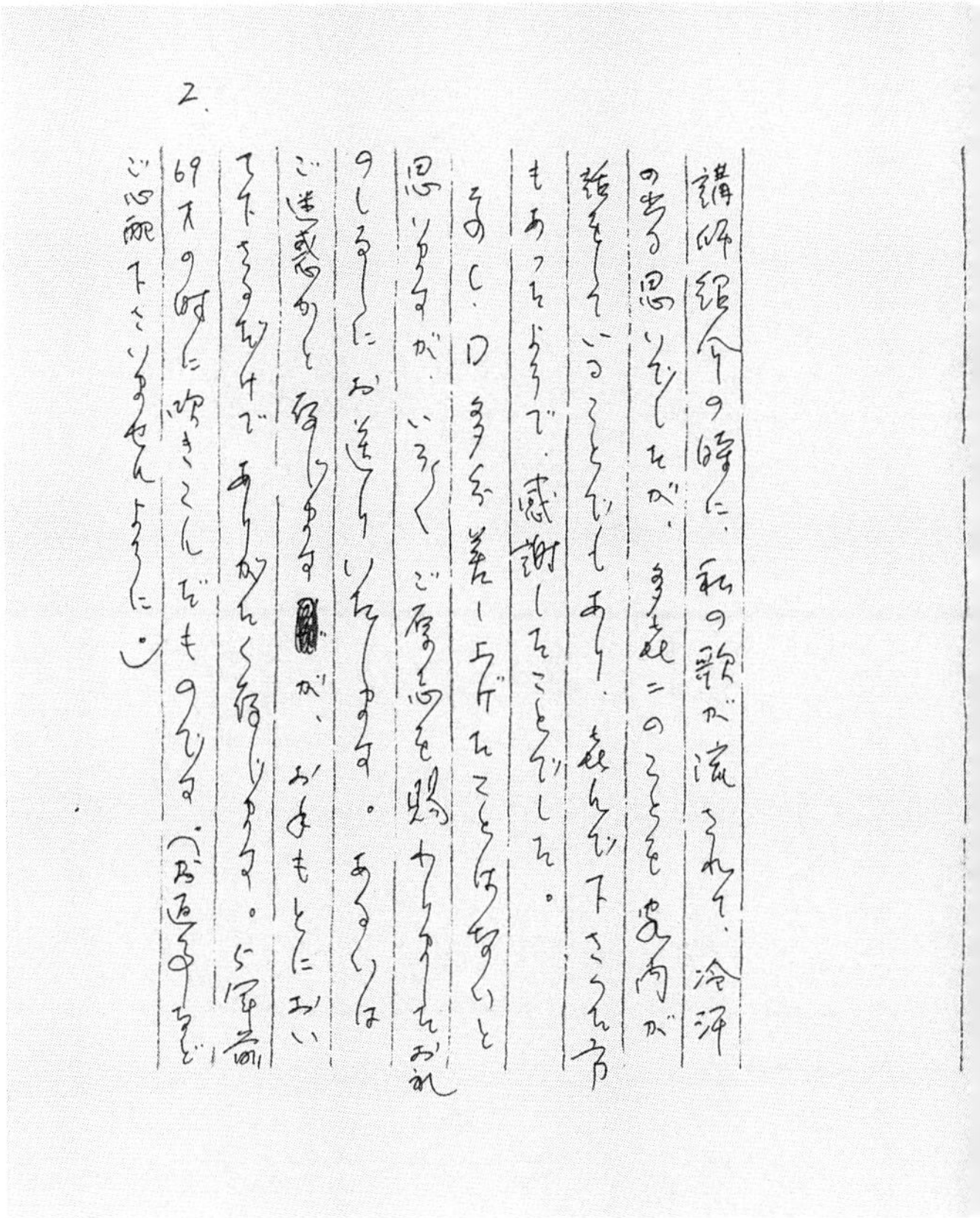
2.

講師紹介の時に、私の歌が流されて、冷汗の出る思いでしたが、綾子のことを案内が話をしていることでもあり、喜んで下さった方もあったようで、感謝したことでした。
そのC・D多分差し上げたことはないと思いますが、いろ〳〵ご厚志を賜わりましたお礼のしるしにお送りいたします。あるいはご迷惑かと存じますが、お手もとにおいて下さるだけでありがたく存じます。5年前69才の時に吹きこんだものです。（お返事などご心配下さいませんように。）

三浦光世よりの手紙

をしていることでもあり、喜んで下さった方もあったようで、感謝したことでした。

そのC・D多分差し上げたことはないと思いますが、いろ〳〵ご厚志を賜わりましたお礼のしるしにお送りいたします。あるいはご迷惑かと存じますが、お手もとにおいて下さるだけでありがたく存じます。5年前69才の時に吹きこんだものです。（お返事などご心配下さいませんように。）

家内綾子はまだきびしい日々を重ねておりますが、昨年の今頃よりは、いろんな面でよくなってきております。よろしく申しております。

先生の機中でお詠み下さった短歌が、いつも胸に甦ります。どうぞお体をお大事に。

1998・5

三浦光世

三浦光世さんが、手紙のはじめのほうに書いている「二月二十四日」とは、一九九八年のこの日に、中野ゼロホールで開かれた小林多喜二祭のことです。光世さんが、記念講演の講師として招かれ、三浦綾子さんが多喜二の母を感動をこめて描いた、小説『母』を中心に、小林多喜二について講演されたのでした。

光世さんから送られてきたCDは、綾子さんとの合唱で、曲目は歌曲と讃美歌ですが、中野ゼロホールの会場で流されたのが、どんな曲であったか、残念ながら記憶していません。光世さんは声が良く、歌も上手なことが、綾子さんのひそかな自慢でした。

私はその頃、「しんぶん赤旗」の短歌欄の選者をしていたので、そんなことの感想も光世さんの手紙には登場しています。また、手紙の最後のところで、私が飛行機の中で詠んだ短歌という話は、少し先で説明します。

私が、三浦綾子さんの小説『銃口』のインタビューで、はじめて旭川の三浦宅を訪れたのは、一九九四年四月二十八日でした。このインタビューは、大月書店発行の、全日本教職員組合（全教）の機関誌『エデュカス』（季刊）のためのものでした。私はこの日のために、三浦綾子さんの主要な作品を再読したりして準備をしました。

インタビューの日、光世さんは風邪で発熱して臥せられていました。難病のパーキンソン病を抱え、立居振舞のままならない三浦綾子さんは、アシスタントに介助されながら、途中三十分ほどの休憩をはさみながらも、前後三時間の長いインタビューに応じていただきました。

『銃口』という作品は、治安維持法下の北海道で起こった、生活綴方運動に対する弾圧事件を題材としたものです。三浦綾子さんは、戦時下の教師の体験をもち、私も戦後十五年ほどの教師体験をもっていましたので、インタビューは予想外にはずみました。

私は、『銃口』という小説の題名に関心をもっており、それは、軍国主義時代の象徴的な表現と理解していました。そのことを質問すると、三浦さんの答えはじつに意外でした。それは、宮本百合子の小説にかかわるものだったのです。百合子の長篇小説『道標』第三部に、主人公の伸子が、第一次世界大戦の戦跡のヴェルダンを訪れる場面があります。そこに、土に埋もれて銃口だけが光っている、という描写があって、

18　病床のインタビュー　三浦綾子・三浦光世

三浦綾子にインタビューする著者

その場面に非常に心をひかれた記憶からだといわれたのです。

このことは、三浦綾子さんの、文学の深さと豊かさを、あらためて強く感じさせることでした。

私が旭川に三浦綾子さんを訪れた翌年の、一九九五年秋に綾子さんの『難病日記』が主婦の友社から出版されました。五章からなる日記（すべて〇月〇日）の第四章「二本の足で立つことの喜び」の中に、インタビューの日のことが記されていました。

「昨夜三浦、咳と熱を押して、私の介助を幾度も、悪化せぬかとハラハラ。一人でトイレに立てない私には、いたしかたもなし。

三浦、昨日の注射と薬によって少しく熱がさがったものの、夕刻再び八度を超える。一日臥床。咳激し。

午後大月書店発行、全日本教職員組合編集『エジュカス』誌のためのインタビューに歌人の碓田のぼる氏外三名来宅。三浦同席できず。小説『銃口』にもとづき、戦中戦後の誤り、教育、家庭、社会等に碓田氏絶えず核心を衝いた質問をもって、答を引き出してくださる。誠実かつ優秀なインタビュアーなり。終わって、三浦に合わせたかったと、しきりに思う。

私は、この文章を読みながら戸惑うほどの面映ゆい思いでした。しかし、それにも増して、三浦綾子さんに褒められたことを、ひそかに無上の光栄と思ったのでした。

(二)

三浦綾子さんが、「多臓器不全」で七十七年の生涯を閉じられたのは、一九九九年十月十二日でした。長い介護生活と、口述筆記で一心同体となって、妻綾子さんの作家生活を支えた三浦光世さんは、妻の死を悼む、次のような短歌を作っています。綾子さんもそうですが、光世さんは、すぐれたアララギ派の歌人です。

モニターに現はるる搏動の刻々に弱まりてああ妻が死にゆく
並べし床ゆ手を伸べて亡妻《つま》の白布取り声をかけたり昨夜幾度か
「もうどこへも行くな」と和服の肩を抱き妻に言ひゐき夢の中にて
上京の帰途機中にて買ひし土産のエプロン新しきままに残れり

溢れ出る感情をおさえて、具体的に、リアルに妻の死を描いているこれらの作品は、読むたびに胸に迫るものがあります。最後の「エプロン」の歌は、光世さんが、中野ゼロホールでの小林多喜二祭の記念講演に上京された時の回想です。

三浦綾子さんが亡くなられて、ちょうど一年後の二〇〇〇年に、「十月十二日」発行の同じ奥付をもった二冊の本が発売になりました。一冊は、三浦光世著『綾子へ』（角川書店）であり、もう一冊は、三浦綾子・三浦光世著『夕映えの旅人』（日本基督教団出版局）です。光世さんは、達筆なサインの入った『夕映えの旅人』を送ってくれました。

『夕映えの旅人』は、「綾子・光世」と交互に、一九九五年七月から一九九六年九月までの日記を編集したものでした。日付の入っているのは光世さん、〇月〇日は綾子さんといった具合です。この本の中で、私は、綾子さんの私に向けた強い声を聞き、

『難病日記』の「〇月〇日」より、さらに深い感動に打たれました。

〇月〇日

昨年、私の小説『母』や『銃口』に感動してインタビューに来て下さった碓田のぼる氏より歌集『展望』が贈られてくる。早速頁を繰ると、思いがけなく来旭の折の歌が収録されている。

はるか敬意を持ち来し君の住む街か
石狩川は眼下に眩し
『銃口』の作者と今は相向かい一期
一会の言葉重ねる
病躯痩身の君は静かに語りつつ思い
つまらせて時に長き間をもつ

炭礦の教え子に話わたる時まなこは
深くうるませてゆく
『銃口』の上下二巻を卓におき天皇
制のこと戦争のことにまた言葉つぐ
『母』『銃口』と書き来し痩躯の筆
勁し生きてつらぬくものの烈しさ

なんという光栄であろう。私は今日までこんなあたたかいまなざしで、自分が歌に詠まれたことはない。私は今日の喜びと興奮を生涯忘れないであろう。なお、氏は民主主義文学同盟に属し、新日本歌人協会会員である。それにしてもなんと品格のある優れた短歌作品であろう。感謝あるのみ。

私は、この部分を読みながら、涙をこぼしました。なんという褒められ方をしたこ

三浦光世・三浦綾子共同のＣＤジャケットより

とか――。『氷点』以来、かずかずの名作を書き続けながら、戦後文学に不動の位置を築いてこられた、傑出した作家の三浦綾子さんが、「生涯忘れない」と言ったことの、その言葉の重みに私は背をふるわせたのでした。そして、私の短歌作品が、はじめて「品格」という言葉に出会ったことも、私を昂ぶらせました。

前にも述べた通り、三浦綾子さんもアララギ派の力量ある歌人でした。

ここまで書いて、三浦綾子さんの没後一年目に、命日の「十月十二日」の奥付をもった本が、もう一冊あったことを思い出しました。それは、『三浦綾子　愛の歌集　いとしい時間』（小学館）です。文字通り、これは二章で構成された単独歌集です。

第一章は、初恋の相川正へのひたすらな愛と死の嘆きであり、第二章は最愛の三浦光世との出会いと結婚、その愛の真実を歌ったものです。それぞれから、三首ずつ引きます。

相病めば何時迄続く幸《さち》ならむ唇《くち》合はせつつ泪滾《こぼ》れき
君死にて淋しいだけの毎日なのに生きねばならぬかギブスに臥して
かの日共に死にたるつもりにて吾が髪も君の遺骨の箱に納めぬ（以上第一章より）
平凡なことを平凡に詠ひつつ学びしは真実に生きるといふこと
部屋中に行き交ふ度に抱きくるる夫よ今日はあなたも寂しいのか

金持ちに金貸し貧乏人に金貸さぬこんな世の仕組みさへ知らず生き来ぬ（以上第二章より）

この歌集は、三浦綾子さんが『氷点』で作家としてデビューするまでのものですが、若き日の三浦綾子さんが、平凡でない歌の詠み手であったことを知ることができます。それだけに「品格」の言葉は、含蓄の深い言葉として、私の脳裏に刻み込まれたのでした。

三浦光世さんは、昨年（二〇一四年）十月三十日、九十歳で亡くなりました。

数年前、三浦綾子さんの墓参も兼ねて、旭川の三浦綾子記念文学館を訪れたことがあります。この文学館は、綾子さんの亡くなる前年にオープンされたものです。文学館は、綾子さんの生涯の作品が、生活とともに展示、解説されていて、三浦文学は強い息づかいをしていました。

『氷点』の舞台の国際見本林の中を流れる美瑛《びえい》川のほとりを歩きながら、しきりに『銃口』のインタビューの日のことを想い出していました。

　そのあと、かつて訪れた三浦宅に行き、光世さんと会いました。どんなことを話し合ったのか、今はすっかり忘れてしまっています。ただ、タクシーで帰る私を、いつまでも見送ってくれた光世さんの姿だけが、ありありとしています。

19　ひたすらに、生きる　佐々木妙二

㈠

佐々木妙二よりの碓田のぼる宛ひらがなのハガキ（新宿区西新宿6－7－1　東京医大病院三病棟より）

（原文は横がき）

みぎて　の　まひ　で　じ　が　まだ　かけないので　ひだりて　で　やっと

たいぷ　を　うっての　たより。

5／30‥

いろいろ　おせわに　なり、かんしゃに　たえまそ（せ──引用者）ん。だいぶん　げんきに　なりました。しかし　てあし　の　きのうー　かいふくが　おくれています。そのため　りはびりてぇしょん　の　せつび　じゅうぶんな　びょういん　に　うつることに　しました。ここで　一かげつほど　みっちり　りはびり　を　やるつもりです。

わたしの　せんか　の　しごと　まで　やってくださり　もうしわけなく　ありがたい　ことです。

＃　おねがい──

5がっごう　から　ほぞんよう　として　3ぶずつ　とって　おいて　くださるように　おねがいします。

うすだ　のぼ　る　さま

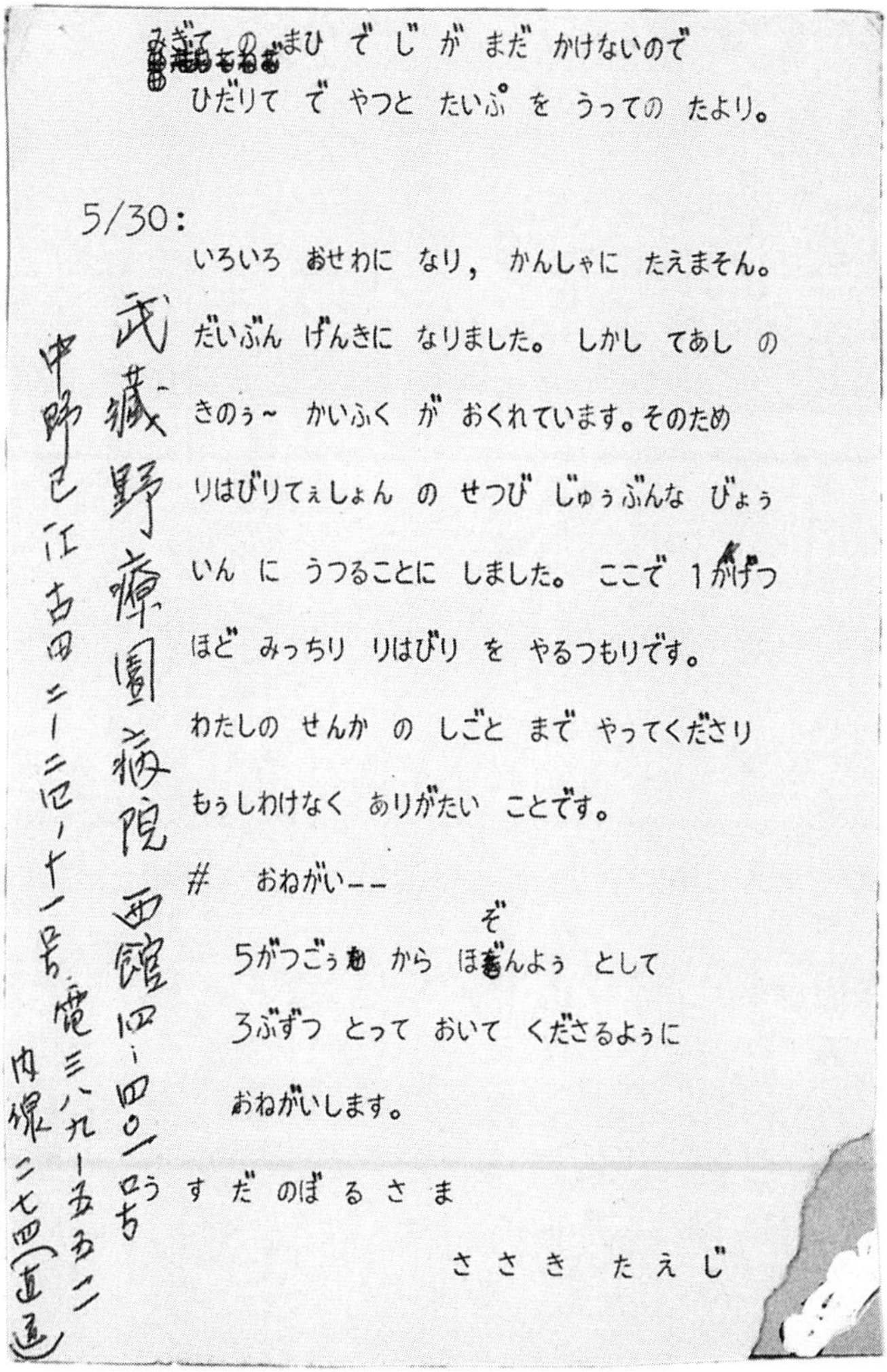
みぎて の まひ で じ が まだ かけないので
ひだりて で やつと たいぷ を うっての たより。

5/30:
いろいろ おせわに なり, かんしゃに たえまそん。
だいぶん げんきに なりました。 しかし てあし の
きのぅ~ かいふく が おくれています。そのため
りはびりてぇしょん の せつび じゅぅぶんな びょぅ
いん に うつることに しました。 ここで 1かげつ
ほど みっちり りはびり を やるつもりです。
わたしの せんか の しごと まで やってくださり
もぅしわけなく ありがたい ことです。
おねがい——
5がつごぅ から ほぞんよぅ として
3ぶずつ とって おいて くださるよぅに
おねがいします。
うすだ のぼる さま
ささき たえじ

武蔵野療園病院西館四-四〇一号
中野区江古田二-二四-十一号 電三八九-五五二二
内線二七四(直通)

佐々木妙二よりのハガキ

ささき　たえじ

武蔵野療園病院西館四ー四〇一号室
中野区江古田二ー二四ー十一号　電話三八九ー五五一一
内線二七四（直通）――（よこがき本文以外は代筆）

佐々木妙二さんは、一九八二年四月、脳血栓で倒れ、母校の東京医大に入院しました。その後半身不随となりました。このハガキは入院から一ヵ月余りたった頃のものだと思います。ハガキの表書きと、リハビリのための転院先の住所は代筆です。

佐々木さんは、一九七〇年六月に直腸ガンの手術をし、人工肛門となりました。その二年後に渡辺順三が亡くなってからは、不自由な体ながら、新日本歌人協会の代表幹事となって活動をしてきました。当時、協会の事務所は、新宿笹塚にあった佐々木さんの医院の一室でした。佐々木さんは、毎日のようにくる歌稿や郵便物の処理など、日常的な実務の処理はほとんど佐々木さんのかかわることとなっていました。

渡辺順三さんが亡くなって、ちょうど十年後に、七十九歳の佐々木さんを襲った脳血栓は、佐々木さんにとっても、協会にとっても深刻な問題でした。

私が、新宿鳴子坂上の東京医大病院にかけつけたのは、佐々木さんが倒れて入院した日から三日あとでした。

佐々木さんは、私が病室に入り、ベッドのそばに近寄り、ひと言ふた言声をかけると、突然、号泣をし始めました。冷静な科学者でもある佐々木さんの、これまで見たこともない激情の姿に、私は衝撃を受けました。ただ立ちつくすだけでした。

少し落着いた佐々木さんは、ベッドから起こしてくれと私にいい、不鮮明な言葉で途切れとぎれながら、こんな不甲斐ないことになってしまって、とか、こんなところへ来てしまって、協会事務所の仕事もできなくて申しわけないとか、嗚咽《おえつ》しながらいうのでした。私は、心配しないでも大丈夫ですと、何回も繰り返していました。

佐々木妙二さんは、ガンと脳血栓の二重の後遺症を抱えながら、現代語による作歌を続け、また、啓蒙のための著作もかずかず書きました。それは、生きることへの壮絶さ、とでもいえるものでした。佐々木さんは、脳血栓で倒れた翌年、一九八三年十二月に、歌集『生』を刊行しました。その中から、ひらがなばかりのハガキのあとの時代の歌を何首かあげます。

ぐったりと　麻痺の肩腕胸に抱く
いのちなきものの　重さか　これは

どたり　床に倒れて　足萎えの
わが身は　いのちない　丸太ん棒である

社会復帰の一念はあれ　リハビリの
麻痺の足に遠い

19　ひたすらに、生きる　佐々木妙二

この十歩の距離

足萎えてここまでは来た草原を
杖ついて行けるところまで行く

私の第五歌集『状況の歌』（一九八五年一月）の中に、「鳴子坂」という六首があります。そのうちから三首。

胸迫るものこらえつつ病体の妙二おこしやるベッドの上に
意志のままに今は動かぬ右の手をかばいつつ妙二は涙こぼしおり
鳴子坂ゆるき下りの春四月なみだ次つぎと溢れてやまぬ

佐々木妙二さんは、一九九七年二月十四日、熱海の温泉病院で九十三歳の生涯を閉

じました。佐々木さんの家は神道でした。父も祖父も神主だったといいます。晩年を過ごした神奈川県真鶴岬の一室で、神道による葬儀が行われましたが、それはじつに簡素なものでした。私は新日本歌人協会を代表して「お別れの言葉」を述べました。

戦前、『まるめら』の第十一巻四号として、『佐々木妙二歌集』（一九三七年四月）が出されています。その中に次の一首がありました。

おもひつめた　ことを　やりとほす　ほかに　いまわたしたち　どんな　しあはせがあらう

佐々木妙二さんの九十三年の生涯は、一途に思いつめたことをやり通した生涯だったと思います。

(二)

『佐々木妙二歌集』は、山形から出されていた経済学者大熊信行主宰の短歌雑誌『まるめら』の創刊十周年記念として出されたものです。内容は、『まるめら』以前四十二首と、『まるめら』時代百十九首の合計百六十一首が収められています。この中に、私の大好きな長歌「どぶろく」があります。「どぶろく　といふは　濁《にご》り酒のこと　秋田は　日本一　どぶろく　つくる　くに」といった序歌をつけた口語表現のものです。作品は、あのひらがなの病院からの葉書を連想させる、すべてひらがな使用の歌です。まずは、書き出しを少し引きます。

「むらはずれの　だんごやまの　ふもと、みちばたから　ちょっこりはづれたきりかぶねっこに、おら　みつけた　かれはっぱ　もっくり　かぶって　つちのな

かさ　うんづくまってる　どぶろくの　かめ、でっかい　かめだ、……」

全体二十三行からなる「どぶろく」のうちの、これは五行分です。この作品のリズム、語と語の引き合う緊張感が連続しながら、口語の美しさをつかみ出しているところなぞ、なかなかすぐれたものです。

作品全体の内容は、官所有の山の中で、ひそかにつくったどぶろくを「いっぱいひっかけれゃ　こらまた　しこたま　うめぇな」と舌鼓を打つ。密造が見つかれば、半年寝て暮らせるほどの罰金をとられる。だが罰金を恐れてどぶろくが呑めないなら、――おら　もう　しんだがましだ――。

やれ　うめぇ　この　どぶろくの　おらえんりょなく　とっくら　のんだよ　こ
の　とろとろの　しろどぶろくめ

二十三行はここで終わります。土俗的で、飄逸《ひょういつ》とした、物語りめいた内容です。しかし、この長歌の中には、いちばん下積みの小作人の哀しみと抵抗の思いが流れています。私が注目するのは、若い佐々木妙二の語感覚の鋭さでした。口語を扱う時には、とりわけ、この語感覚がしっかり磨ぎ出されなければならないことを、長歌「どぶろく」は語っているような気がします。

小樽高商時代の、佐々木妙二にからむ一枚の写真のことを、私は長い間忘れていました。

二〇〇五年の四月のはじめ、中野区のゼロホールで、記録映画『時代を撃《う》て・多喜二』を見たことがあります。この映画の中に、その一枚の写真が出てきたのです。小林多喜二はすぐわかったのですが、うしろに立っているのは、もしかすると佐々木妙二では――と、ハッと思った途端、映画はすばやく変わってしまいました。

早速家に帰って、押入れの中から、三十年前に手塚英孝さんから贈られた写真集

『小林多喜二―文学とその生涯』（一九七七年二月・新日本出版社）を見つけ出し、その中に、映画にあらわれた一枚の写真がたしかにあったのです。この写真集を贈られた時、一応目を通していて、この印象的な写真にも出合っていたのに、すっかり忘れていたのでした。

それは、一九二三年の小樽高商校友会誌編集部員の写った写真です。

教室か講堂か、観音びらきの重厚な扉を背にして、五人の人物が写っています。前列三人が座り、後列二人が立っています。前列中央は、校友会誌顧問の、銀行論、簿記論の糸魚川祐三郎教授です。教授の右側に小林多喜二がおり、左側に高浜虚子の息子の高浜年尾がいます。そして、後列多喜二のすぐうしろには、佐々木妙二が立っているのです。佐々木妙二の隣りに立つのは同級の安野安平です。四人はいずれも詰襟の学生服で、多喜二も高浜年尾も、また安野もきちんと襟のホックをかけているのに、佐々木妙二だけがホックをはずしています。眼鏡をかけていないのは、多喜二と安野だけです。佐々木妙二はいかにもダンディーな感じです。

小樽高商の校友会誌編集部員は、毎年二年生と三年生から二人ずつ委員が選ばれました。佐々木妙二が二年生になったとき、三年生の小林多喜二に誘われて編集部に入ったことは、手塚英孝著『小林多喜二』（新日本新書）で明らかにされています。佐々木妙二は、二年生になってしばらくしてから、肺浸潤となり、二年間休学しましたので、この写真は一九二三年の四月から五、六月にかけたものと思われます。佐々木妙二が復学した時は、多喜二はもう卒業していました。

佐々木さんは、一九九二年の『民主文学』一月号に、『上級生・小林多喜二』と題する短歌十首を発表しています。「一九二二年、多喜二は小樽高商で私の上級生、伊藤整は同級生であった」と付記したものです。

「駄目なのは短歌ではない、君の生きざま」上級生多喜二は容赦しなかった

九十歳の私に上級生多喜二が居る「君の生きかたはそれでいいのか」

小樽高商校友会誌編集部員
（前列左から、小林多喜二、糸魚川教授、高浜年尾、後列左から、佐々木妙二、安野安平）

私は、この歌の内容にかかわる話を、佐々木さんから幾度も聞いていました。私はその時、佐々木さんが、回想的にもらした言葉を、軽く耳にとめただけだったような気がします。

佐々木さんは、多喜二のすぐうしろに立っていたのです。一枚の写真の存在によって、「上級生多喜二が居る」と佐々木さんが歌ったことの意味が生なましく、実感的に私に迫ってきました。佐々木さんが、最晩年の歌集名を『生』『いのち』としたことからも明らかなように、その生涯は、順三と同じように、真実を求めて生きる、一途なものでした。それは、あの一枚の写真が象徴的に示すように、多喜二のすぐうしろで、多喜二の背を見つめながら、人間的な「生きざま」を、歌の姿として表現することを探求した生涯でした。

あとがき

本書は、前著『渡辺順三の評論活動―その一考察』（二〇一五年七月二十日）の執筆とほぼ平行して書き進められました。本書のうち、「1」から「9」（二〇一四年四月～二〇一五年九月）までは、新日本歌人協会町田支部会報の「ひだまり」に、十五回にわたって連載されたものです。

私は当初、主題も定めず、きわめて気軽にこのエッセイを書き始めました。しかし、間もなく、私はこの「書簡つれづれ」が、一つの重要なテーマをもつことに気づきました。それは、「生きる」という問題でした。

私は来年（二〇一六年二月）で満八十八歳になります。米寿という言葉が古くからありましたから、米寿とは、数え年で数えてのことと考えれば、私は、いまちょうど米寿のさなか、ということになります。そう考えると、本書は米寿記念の出版ともいえるものです。

「生きる」ということが主題となった本書は、当然、私自身の「生きる」という問題が折り重なっていることになります。

本書刊行にあたって、多くの方がたにお世話になりました。窪田空穂さんは、本書「3」の渡辺順三宛てのハガキの中で、「五方」という珍しい言葉を使っています。辞書によれば、「五方」とは、東西南北と真ん中を指すといいます。空穂さんの言葉を借用して、あらためてお世話をかけた五方の方がたに、心からお礼を申し上げたいと思います。

二〇一五年八月三十日

我孫子にて

碓田のぼる

碓田のぼる（うすだ　のぼる）

1928年、長野県に生まれる。

現在、新日本歌人協会全国幹事。民主主義文学会会員。日本文芸家協会会員。国際啄木学会会員。

主な歌集『夜明けまえ』『列の中』『花どき』（長谷川書房）『世紀の旗』『激動期』（青磁社）『日本の党』（萌文社）『展望』（あゆみ出版）『母のうた』『状況のうた』『指呼の世紀』（飯塚書店）『花昏からず』（長谷川書房）『風の輝き』『信濃』『星の陣』『桜花断章』『妻のうた』（光陽出版社）

主な著書『国民のための私学づくり』（民衆社）『教師集団創造』『現代教育運動の課題』（旬報社）『石川啄木』（東邦出版社）『「明星」における進歩の思想』『手錠あり―評伝 渡辺順三』（青磁社）『啄木の歌―その生と死』（洋々社）『石川啄木と「大逆事件」』（新日本出版社）『ふたりの啄木』（旬報社）『石川啄木―光を追う旅』『夕ちどり―忘れられた美貌の歌人・石上露子』（ルック）『石川啄木の新世界』『坂道のアルト』『石川啄木と石上露子―その同時代性と位相』（光陽出版社）『時代を撃つ』『占領軍検閲と戦後短歌』（かもがわ出版）『歌を愛するすべての人へ―短歌創作教室』（飯塚書店）『石川啄木―その社会主義への道』『渡辺順三研究』『遥かなる信濃』（かもがわ出版）『友ら、いちずに』『短歌のはなし』『石上露子が生涯をかけた恋人 長田正平』『かく歌い来て―「露草」の時代』『石川啄木―風景と言葉』『読み、考え、書く』『一途の道―渡辺順三　歌と人生　戦前編・戦後編』『渡辺順三の評論活動―その一考察』（光陽出版社）

書簡つれづれ　回想の歌人たち

2015年11月10日

著　者　　碓田のぼる
発行者　　明石康徳
発行所　　光陽出版社
〒162-0818　東京都新宿区築地町8番地
電話　03-3268-7899　Fax　03-3235-0710
印刷所　　株式会社光陽メディア

ISBN 978-4-87662-590-1 C0095